中小学生不得不读的故事丛书

让青少年学会
乐于助人的故事

本书编写组◎编

每一个好故事，都会带你种下完美人生的种子；每一个好故事，都是我们领悟人生的一盏明灯；每一个好故事，都是我们人生的一块基石。它给我们智慧的启迪，让我们抓住希望。对今天更加珍惜，对明天充满自信！

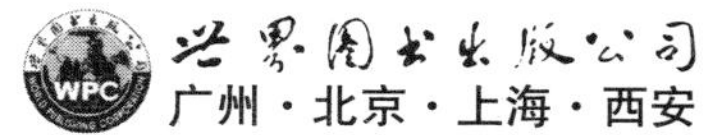
世界图书出版公司
广州·北京·上海·西安

图书在版编目（CIP）数据

让青少年学会乐于助人的故事 /《让青少年学会乐于助人的故事》编写组编．—广州：广东世界图书出版公司，2010. 8（2024.2 重印）

ISBN 978－7－5100－1497－0

Ⅰ. ①让… Ⅱ. ①让… Ⅲ. ①故事－作品集－世界 Ⅳ. ①I14

中国版本图书馆 CIP 数据核字（2010）第 160315 号

书　　名　让青少年学会乐于助人的故事
　　　　　RANG QINGSHAONIAN XUEHUI LEYU ZHUREN DE GUSHI
编　　者　《让青少年学会乐于助人的故事》编写组
责任编辑　张梦婕
装帧设计　三棵树设计工作组
出版发行　世界图书出版有限公司　世界图书出版广东有限公司
地　　址　广州市海珠区新港西路大江冲 25 号
邮　　编　510300
电　　话　020-84452179
网　　址　http://www.gdst.com.cn
邮　　箱　wpc_gdst@163.com
经　　销　新华书店
印　　刷　唐山富达印务有限公司
开　　本　787mm × 1092mm　1/16
印　　张　10
字　　数　120 千字
版　　次　2010 年 8 月第 1 版　2024 年 2 月第 11 次印刷
国际书号　ISBN　978-7-5100-1497-0
定　　价　48.00 元

前　言

FOREWORD

有一句英国谚语说：“赠人玫瑰，手有余香”。意思是说哪怕是赠人一支玫瑰花这样微不足道的平凡小事，它带来的温馨也会在赠花人和受花人的心底慢慢升腾、弥漫的。

乐于助人是一种美德。法国写讽刺作品的道德家拉布吕耶尔就说过：“最好的满足就是给别人以满足”。而俗话说：“助人为快乐之本”，那些愿意帮助别人的人最容易得到快乐。帮助他人，你很可能会因此得到友谊的种子，它在你的爱心下会日益成长、壮大，终究会长成参天大树的！

有时候，一个发自内心的小小的善行，或许就会铸就大爱的人生舞台。记住别人对自己的恩惠，洗去自己对别人的怨恨，在人生的旅途中就可以晴空万里。

每个人都有遇到困难的时候，这时你最需要的是别人给你的帮助。而若当你遇到困难时能有人与你相互扶持，则这种友爱之情与信任感会使你的生活倍觉充实的！而当你帮助一位有需要的陌生人，也就把友爱的种子播种下了，它会在许许多多的地方散发出温馨的芳香。

如果人人都献出一点爱，那我们将再也不会看到别人得不到帮助时的焦急面庞。

助人为乐是每个人都应该具备的优秀品德，让社会充满爱吧！

本书分为“助人就是助己”、“助人是快乐的”、“勿以善小而不为”、“助人是一种美德”、“助人是人格的升华”等五章，共150多个助人为乐的

故事。本书取材广博，选例典型，叙事简明，重点突出。

本书将助人为乐的各种故事荟萃于一书，犹如人生培养健全人格必备的修养全书，如能认真阅读和深入思考，定能让你看透人生的迷雾，使自己变得洞察世事、人情练达，从而走向更加成功和灿烂的辉煌明天。

在编撰过程中，由于受资料和学识所限的缘故，书中难免会有失当和不足之处，欢迎广大读者提出建议和批评，以便将来再版时采纳和改正。

CONTENTS

目录

勿以善小而不为

助人是一种美德

助人是人格的升华

助人就是助己

几个真实的故事

辅车相依，唇亡齿寒。

——《左传·鲁僖公五年》

有一位美国女士在海边散步时，忽然发现海上有一艘私人帆船就要沉没，情况十分危急，她马上用手机与海上急救中心联络。等大家将船安全救上岸时，这位女士猛然发现船上有她自己的丈夫。

越战时，一位在越南参战的士兵，有一天打电话给他的父母，告诉父母他就要退伍了，他父母十分高兴，在电话中表示希望他越快回家越好。然而士兵告诉父母说，他有一个战友也要跟他一起回家，父母表示欢迎他们一起回来。可孩子告诉父母说，他的这位战友在战争中失掉了一条腿和一只手臂，而且说，这位战友打算跟他们长期住在一起。孩子的父亲一听，急忙告诉孩子说，这绝对不行。父亲接着说，只剩下一条腿和一只手臂的人，会给家人造成沉重的生活负担，他们不会欢迎这种残疾的人和他们在一起长期生活的，他建议儿子的这位残疾战友自己设法解决自己的生活问题。士兵听了这些话以后就挂断了电话。几天以后，军方通知父母，他们的孩子自杀了。父母伤心地去认领尸体，让他们震惊的是：他们的儿子只有一条腿和一只手臂。

旧俄国的乡下，有一家很穷的人家，儿子从小就出去闯世界了，家里的母女二人为生计所迫开了一家小旅店。有一天旅店来了一位有钱人。乡下旅店很少来有钱的旅客，母女二人忽然起了歹心，在酒里下了毒。旅客被毒死后，母亲在整理旅客的物品时骇然地发现，她们所杀死的旅客竟然是自己早年外出的儿子。原来，这个儿子在外地赚了钱，衣锦还乡，想给母亲一个惊喜，因此回来以后，暂时不告诉家人，打算第二天早上再说出自己的真实身份。而母女二人以为杀的只是一个过路的陌生人，万万没有想到，自己亲手杀死的竟然是亲人。

二战时，在一场激烈的战斗中，上尉忽然发现一架敌机向阵地俯冲下来。就在上尉打算卧倒躲避时，猛然发现离他几米远处的地方有一个小战士愣在那里不知躲避。上尉一边跑一边大喊“卧倒!”随后一个鱼跃，飞身将小战士紧紧地压在了自己的身下。几乎是同时，一声巨响，飞溅起来的泥土纷纷落在了他们的身上。上尉站起身拍拍身上的尘土，可回头一看，吓出一身冷汗——刚才自己所站的地方已经被炸成了一个大坑。

出乎预料的款待

> 路见不平，拔刀相助。
>
> ——马致远《陈情高卧》

米歇杰·佩尔利克一家来自法国北部的鲁贝，他们与法国南部多尔多涅省的波尔歇尔村民们素昧平生。鲁贝地区多雨，为了沐浴到诱人的阳光，米歇杰·佩尔利克和妻子屈格蒙带着自己的10个孩子，驾车到南部来野营，偶然路过波尔歇尔村。他们发现这里阳光明媚，景色宜人，于是便在树旁的一块空地上搭起了两个帐篷。当他们进村采购物品时，10个金发的小脑袋晃来晃去，十分惹人注目。因为在多尔多涅省，孩子们的头发大多都是深色的。

第二天一大早，村里的面包师突然为他们送来了刚出炉的月牙形小面包。不一会儿，村长贝罗奈特也来了，并以村委员会的名义邀请他们全家出席第二天晚上专为他们一家举办的宴会。米歇尔对此颇为费解，决定把丑话说在前头。他明确告诉村长，自己只是一个失业者，不要指望他能支付过多的旅游费。村长立刻表示，不是要钱，而是出于对一个有着10个孩子的大家庭的尊敬。此外村长本人还愿以实际行动来表示这种尊敬，因为他本人是肉店老板，因此，米歇尔一家在本村逗留期间可以随时到他那里免费取肉。

在次日晚上的宴会上，村长拿起一瓶香槟酒，一边开塞子，一边很随意地问米歇尔对本村的印象如何。米歇尔回答说："实在太美了。"村长欣喜异常，决定以村委员会的名义向这一家提供一幢六室的房子，并提出米歇尔的工作可以由他本人自由挑选。但有一个条件，10个孩子必须在这里上学。在法国，有多所只有一个教师和一间教室的学校。学生定额为17至25名，如果学生少于17名，学校就要关闭。而人们都认为，一个村子如果关闭了学校便要没落了。

波尔歇尔村正是一个这样的村子——村里的学校只有一个教师和一间教室。由于有几个家庭带着孩子搬到了城里，学校便只剩下了7名学生。这意味着这所乡村学校眼看就要关门了。对波尔歇尔村来说，这是最大的悲剧。

而当两天前米歇尔夫妇带着10个孩子进村采购物品时，村长罗奈特猛然意识到，这可是波尔歇尔村千载难逢的机会。他立即召集村民委员开会。大家一致决定，竭尽全力挽留米歇尔·佩尔利克一家。由此才引出了月牙形小面包、宴会、免费的住房和许诺的职业。

有了这10个孩子，学校在若干年之内就不会出现危机了。而对于佩尔利克一家来说，除了可以得到住房和工作外，这里的条件也确实不错：肥沃的土地，明媚的阳光，早上可以吃着香喷喷的月牙形小面包开始一天的生活，晚上可以喝清凉香槟以结束一天的忙碌，何乐而不为呢？于是，米歇尔·佩尔利克夫妇毫不犹豫地接受了波尔歇尔村的款待。

梅花的香气

> 得道者多助，失道者寡助。
>
> ——孟子

一个冬日寒冷的清晨，有位富人正在自家的花园里欣赏梅花。艳红的梅花正以最美丽的姿容吐露，富人很为自己的花园里能开出这样的梅花而深感快慰。

门外忽然传来敲门的声音，富人去开了门，发现一个衣衫褴褛的乞丐，在寒风里冻得直打抖，那乞丐已在这开满梅花的园外冻了一夜，他说：“先生，行行好，可不可以给我一点东西吃。”

富人请乞丐在园门口稍稍等候，转身进入厨房，端来一碗热腾腾的饭菜，就在他把饭菜端给乞丐的时候，乞丐说：“先生，您家里的梅花，真是香呀！”

说完转身走了出去。

富人呆立在那里，感到非常震惊，他震惊的是，穷人也会欣赏梅花吗？这可是自己所从来不知道的。另外一个震惊是，已经在花园里生长了几十年的梅花，会有香气？可为什么自己从来就没有闻到过呢？

于是，他小心翼翼地，以一种庄严的心情，生怕惊动梅香似地悄悄走近梅花，静下心来，他终于闻到了梅花那含蓄的、清澈的、澄明无比的芬芳，他被感动出了泪水，为自己第一次闻到了梅花的芳香而心动不已。是的，乞丐也能赏梅花，乞丐也能闻到梅花的香气，有的乞丐甚至在极饥饿的情况下，还能闻到梅花清明的气息。可见，好的物质条件不一定能使人成为有品位的人，而坏的物质条件也不会遮蔽人精神的清明，一个人没有钱是值得同情的，一个人一生都不知道梅花的香气一样值得悲悯。

辛勤的古奥

君子贵人贱己，先人而后己。

——《礼记》

在英格兰，有一位辛勤的农夫古奥，因为买不起一般平地上的肥沃良田，于是独自找了一块山坡地，努力地开垦，将贫瘠的山坡地，开辟为产量甚丰的梯田。许多村庄里的穷苦农夫们，看到古奥的成就，纷纷跟着他也在山脚下辟出了一片一片的梯田。

起初，这些在山坡耕作梯田的农夫们，每天忙着自己田里的耕作，倒也相安无事。一直到有一年雨水不够丰沛，田里已有明显缺水的现象。

看到旱象已生，古奥早已做好充分的准备。他在山中找到了几处水源，挖好渠道，将山泉水大量地引来灌溉他的梯田，所以，虽然山脚下的梯田缺水，但古奥梯田中的作物，却依然欣欣向荣。

有一天早上，辛勤的古奥如同往常一样来到了自己的田里，猛然吃了一惊，整片梯田的灌溉水竟然全部流失，农作物呈现出了干涸的现象。古奥除了赶紧做了弥补，将田里补满灌溉水之外，他还仔细去调查清楚，为何田里会有失水的现象。结果，在田埂上发现一个极大的缺口。原来是山脚下那些农夫们，趁夜里挖破他的田埂，将古奥田中的水往下引流，去灌溉他们自己的旱田。

在接下来的几天当中，古奥加倍努力地工作，开挖了几条新的渠道，将他找到的山中的水源，顺利地引入到山脚下每一个缺水的梯日中，把那些农夫们的田用水灌得满满的，让他们不致再有缺水的恐慌。从此之后，山脚下的梯田再也不会缺水；辛勤的古奥，也不用再担心有人会来挖破他的田埂了。

坚决找到受害者

病人之病，忧人之忧。

——白居易《策林》

有一天下午，德国柏林的奥达克余百货公司的售货员彬彬有礼地接待了一位来买唱机的女顾客。售货员为她精心挑了一台未启封的“西门子”牌唱机。事后，售货员在清理商品时发现，自己在挑选过程中错将一个空心唱机货样卖给了那位女顾客。于是，售货员立即向公司作了报告。公司急忙派人四处寻找那位女顾客，但已经不见了其踪影。

经理得知未找到顾客后，觉得事关顾客利益和公司信誉，非同小可，马上召集有关人员研究对策。当时只知道那位女顾客叫基泰丝，是一位法国记者，还有她留下的一张“法国快递公司”的名片。据此仅有的线索，奥达克余公司公关部连夜开始了一连串接犹如大海捞针的寻找。

他们先是打电话，向柏林各大宾馆查询，毫无结果。后来又打国际长途，向巴黎的“法国快递公司”总部查询，得知基泰丝父母在法国的电话号码。接着，又给法国挂国际长途，找到了基泰丝的父母，进而打听到了基泰丝在巴黎的住址和电话号码。几个人忙了整个晚上，总共打了 78 个紧急电话。

次日一大早，奥达克余公司给基泰丝打了道歉电话。几十分钟后，奥达克余公司的副经理和提着大皮箱的公关人员，乘着一辆小轿车赶到基泰丝的住处。两人进了客厅，见到基泰丝就深深鞠躬，表示歉意。除了送来一台新的合格的“西门子”唱机外，又附上著名的唱片一张，蛋糕一盒和毛巾一套。接着副经理打开记事簿，告知了怎样通宵达旦地查询基泰丝的住址和电话号码，从而及时纠正这一失误的全部经过。

此时，基泰丝深受感动，她坦率地说买这台唱机，是准备作为见面礼，送给柏林的外婆的。回到住所后，她打开唱机试用时发现，唱机没有装机心，根本不能用。当时，她火冒三丈，觉得自己上当受骗了，立即写了一篇题为《笑脸背后的真面目》的批评稿，并准备第二天一早就到奥达克余公司兴师问罪。没想到，奥达克余公司纠正失误如此高效。为了一台唱机，花费了这么多的精力。这些做法，使得基泰丝深为感动和敬佩，她撕掉了批评稿，重写了一篇题为《78次紧急电话》的特写稿。

《78次紧急电话》稿件见报后，反响强烈，奥达克余公司因一心为顾客的服务态度而声名鹊起，随后门庭若市。

助人赢得财富

> 好事须相让，恶事莫相推。
>
> ——王梵志《全唐诗补逸》

狄奥力·菲勒出生在一个贫民窟里，和所有出生在贫民窟里的孩子一样，他争强好斗，也喜欢逃学。唯一不同的是，菲勒有一种天生会赚钱的眼光。他把一辆街上捡来的破玩具车修理好，让同学们玩，然后向每人收取十美分，为此，他竟然在一个星期内赚回了一辆新玩具车。菲勒的老师对他说："如果你出生在富人的家庭，你会成为一名出色的商人。但是，由于你出生在贫民窟，这对你来说是不可能的。因此，今后你能成为街头商贩就很不错了。"

正如他的老师所说的，中学毕业后，菲勒真的成了一名商贩。但与贫民窟的同龄人相比，他已算是相当体面的了。

在商贩生涯中，他卖过小五金、电池、柠檬水等，每一笔生意他都应付自如，得心应手。

后来，机会来了，天上掉下一批丝绸生意。这些丝绸来自于日本，由于在海轮运输过程中遭遇到暴风雨，这些丝绸被浸泡了，数量足足有一吨之多。这些被浸染的丝绸成了日本人头痛的东西，他们想处理掉，却无人问津；想搬运到港口，扔进垃圾箱，又怕被环境部门处罚。于是，日本人

打算在回程的路上把丝绸全部抛到大海里。

港口附近有一个地下酒吧，那里是菲勒夜晚的乐园，他每天都来这里喝酒。这天，菲勒喝醉了。当他步履蹒跚地走过几位日本海员旁边时，海员们正在与酒吧的服务员说起那些令人讨厌、头疼的丝绸。说者无心，听者有意，他感到机会真的来了。第二天，菲勒来到海轮上，用手指着停在港口的一辆卡车对船长说："我可以帮助你们把这些没用的丝绸处理掉。"船长一听高兴万分，说："你能帮忙太好了，太感谢你啦！"

最终，他没花任何代价便拥有了这些被浸染了的丝绸。然后，他把这些丝绸制成迷彩服、迷彩领带和迷彩帽子。几乎是一夜之间，他便靠这些丝绸拥有了10万美元的财富。

从此，这位热心助人的菲勒不再是商贩，而成为了一名商人。

有一天，成为商人的菲勒在郊外看上了一块主人想脱手却又无人问津的土地。他找到土地的主人，说他愿花10万美元买下来。土地的主人拿到10万美元后，心里嘲笑他真愚蠢：这样偏僻的地段，只有傻子才会出这么高的价钱！

让人料想不到的是，一年后，市政府宣布将要在郊外建造环城公路。不久，菲勒的地皮升值了150倍。城里的一位地产富豪找到他，愿意出2000万美元购买这块地，富豪想在这里建造一个别墅群。但是，菲勒没有出卖，他笑着告诉富豪说："我还想等等，因为我觉得这块地应该值更多。"果然，三年后，菲勒把这块地卖到2500万美元。从此，他成了新贵。

助人者人助

> 人家帮我，永志不忘；我帮人家，莫记心上。
>
> ——华罗庚

威伯是菲亚电器公司的推销员，当时他正在一个富饶的农业地区做一项调查。

“为什么这些人不使用电器呢?”他经过一家管理良好的农家时，很疑惑地询问该区的销售代表。

“他们一毛不拔，你无法卖给他们任何东西。此外，他们对公司的火气很大。我试过了，一点希望也没有。”

也许真的是一点希望也没有，但无论如何威伯决心要尝试一下。因此他敲开了一家农舍的门，门只打开了一个小小的缝隙，一位老太太探出头来，看见是威伯，立即又把门给关上了。威伯又敲了好一会儿门，她才又打开来，而这次她把对他们公司的不满，一股脑儿地说了出来。

威伯说：“抱歉，我们打扰了你。不过我今天不是来这儿推销电器的，我只是想买一些鸡蛋。”

她把门开得大了一点，怀疑地瞧着威伯。

威伯接着说：“我注意到了你那些优良的多明尼克鸡，我想买一千克新鲜鸡蛋。”

门又打开了一点。“你怎么知道我的鸡是多明尼克品种的呢?”她问，好奇心引起来了。

“我自己也养鸡，”威伯回答，“但我从来没有见过这么优良的多明尼克鸡。”

“那你为什么不吃自己的鸡蛋呢?”老太太问，仍然有些怀疑。

“因为我养的鸡下的是白蛋。当然，你知道做蛋糕的时候，白蛋是比不上棕蛋的。我太太以她做的蛋糕而自豪。”

到这时候，这位太太放心地走出来，表情温和多了。这时威伯的眼睛到处打量，发现这家农舍有一个很好看的牛棚。

威伯继续说：“我打赌你养鸡所赚的钱，比你先生养乳牛所赚的钱还要多。”

听了这话她可高兴了！她赚的钱确实较多！她高兴地邀请威伯参观她的鸡棚。

时间过了没多久之后，她说她的一些邻居在鸡棚里安装了电器，据说效果极好。她征求威伯的意见，问他安装电器是否值得。

两个星期之后，威伯把电器卖给了那个农家。

政府的帮助

> 最好的满足就是给别人以满足。
>
> ——拉布吕耶尔

当李·艾科卡1979年到克莱斯勒汽车公司任总裁时，克莱斯勒汽车公司已经几近破产，换句话说，李·艾科卡接手的是一个债台高筑的烂摊子。万般无奈之下，艾科卡只好求助于联邦政府，希望得到美国政府的担保，以便从银行获得10亿美元的贷款，用于克莱斯勒公司发展新型轿车。

这一消息传出后，在美国的各界引起了轩然大波，惹得一片斥责之声。原来，在美国企业界有一条不成文的规矩，认为依靠外部力量，尤其是依靠政府的帮助来发展自己的企业，是不合乎自由竞争原则的。这种认识对于艾科卡来说，无异于是“雪上加霜”。

但李·艾科卡不气馁，首先，他援引了美国人所共知的史实，有根有据地向企业界说明，过去，洛克希德公司、全美五大钢铁公司和华盛顿地铁公司都曾经先后取得过政府担保的银行贷款，总额高达4097亿美元。克莱斯勒公司在濒临倒闭之际想请政府担保一下，仅申请10亿美元贷款，却遭到如此非议，同仁们缘何厚彼薄此？接着，艾科卡向新闻舆论界大声疾呼：挽救一个克莱斯勒，便是维护了美国的自由企业制度，保证了市场竞争的公平。因为，在北美只有通用、福特和克莱斯勒三大汽车公司，一旦克莱斯勒汽车公司破产垮台，整个北美市场就会被通用和福特两家汽车公司瓜分垄断。在一向以自由竞争精神引以为豪的美国，这种做法岂不使自由竞争精神荡然无存？

而对于对政府，艾科卡真正做到了不卑不亢，提出了言辞温和而骨子里却很强硬的警告。他热心地替政府算了一笔账：如果克莱斯勒汽车公司现在就破产，那么，将会有60万工人失业。仅破产的第一年，政府就必须为此支付27亿美元的失业保险金以及其他各项社会福利开销。艾科卡彬彬有礼地向当时正在为财政出现巨额赤字而万分窘迫的美国政府发问：请问，你们是愿意白白支付27亿美元呢？还是愿意出面担个保，帮助克莱斯勒汽车公司向银行贷出10亿美元呢？

对于国会议员们，艾科卡的工作更是做得滴水不漏：他吩咐手下的人，为每个国会议员开出一张详细的清单，上面列有该议员所在选区内所有同克莱斯勒公司有经济往来的代销商、供应商的名字，并附有一份一旦克莱斯勒公司倒闭将在其选区内产生什么经济后果的分析报告。这样做的实质是暗示这些国会议员们：若是你投票反对政府为克莱斯勒公司担保贷款，那么，你所在选区内将有若干与克莱斯勒公司有业务关系的选民丢掉工作，这些失业的选民对剥夺他们工作机会的国会议员必然反感，那么，你的议员席位还会稳固吗？

艾科卡四下出击、分兵合进，终于收到了奇效：企业界、新闻舆论界的反对派偃旗息鼓；国会那些原先曾激烈反对政府担保贷款的议员缄默不语；政府也一改初衷，采取了积极出面担保的合作态度。艾科卡终于化干戈为玉帛，争取到了社会各界的同情与支持，他所需要的10亿美元贷款终于顺利地到手了。他利用这笔来之不易的贷款，一举开发出了几种新轿车。从1982年起，克莱斯勒公司就实现了扭亏为盈，翌年又赚取利润9亿多美元。

帮助他人成才

> 你要记住，永远要愉快地多给别人，少从别人那里拿取。
>
> ——高尔基

日本索尼公司的董事会主席盛田昭夫是一位善于识才、用才和御才的大师。盛田昭夫在创业初期就非常重视人才。索尼公司刚刚创立时，条件

很差，但人才却不少，在大学生稀少的年代，全公司 20 名雇员中就有 16 名大学毕业生，所以公司具有很强的开发创新能力。

盛田昭夫不仅重视人才，更善于发现人才并正确使用人才。他对大贺则尾的赏识和任用，就是典型的一个事例。大贺则尾毕业于东京艺术大学，后留学原联邦德国，是当时日本一位小有名气的男中音歌剧演员。但是，由于西方歌剧在日本并不十分受欢迎，所以大贺的专长难以发挥，甚至还常为赚钱吃饭而操心。在一个偶然的机会里，盛田昭夫认识了大贺则尾。在交谈中，盛田昭夫发现，大贺虽然是演员，却对经营之道很有心得。盛田昭夫敏锐地感到，大贺在音乐方面颇有造诣，又懂得经营，对于生产录音机、收音机的索尼公司来说，这是个难得的人才。于是，盛田昭夫聘用大贺则尾到索尼公司的录音部门工作。不久，又提拔大贺担任了录音部兼产品计划部的总经理。

盛田昭夫果然没有看错。大贺则尾上任后，工作十分勤奋，在经营上日趋成熟。他经常外出考察业务，发表演说，并亲自为产品做广告等。在这个过程中，他的专业知识发挥了十分突出的作用，他的音乐功底使他在选择录音曲目、保持录音带音色纯正方面非常出色，有效地促进了公司录音部业务的发展。9 年以后，索尼公司录音部成为日本最大的录音公司。

1982 年 9 月，盛田昭夫在索尼公司的股东大会上，宣布提升大贺则尾为公司的新任总裁。这就把索尼公司的一部分责任和压力放在了大贺则尾的肩上。

大贺则尾出任公司总裁后，感觉到有了较大的责任和压力，也感觉到有了施展才华的更大舞台。他激动地对新闻记者说：“我将竭尽全力提高索尼公司的声誉……作为公司的总裁，在做出任何一项决定前，一定要尽量掌握世界政治、经济情况，并把这些情况加以分析、消化，了解市场的动向。”

这是他的“就职宣言”，也是他向对自己有“知遇之恩”的盛田昭夫最好的报答。大贺担任总裁后，凭着非凡的才干，通过艰苦的工作，为索尼公司的发展立下了新的功劳。这家创立时只有 20 人的小公司，后来发展成为拥有 40 多万职工的超级跨国企业。公司生产的电子产品多达 1 万多种型号，年销售额超过 50 亿美元。而且，该公司的开发创新能力也远远超过国际上的同类企业。

一杯热牛奶

人生应该如蜡烛一样，从顶燃到底，一直都是光明的。

——萧楚女

寒冬的一天，有一个贫穷的男孩在为筹备学费挨家挨户地推销商品，这天，他又冷又饿，但摸遍了全身的每一个口袋，也只找到一角钱，怎么办？他决定向下一户人家讨口饭吃，当一位年轻美丽的女子打开房门的时候，这个男孩却有点不知所措了，他没有要饭，只乞求给他一口水喝。

这位女子看到他很饥饿的样子，就拿了一大杯牛奶给他，男孩慢慢地喝完牛奶，问道："我应该付多少钱？"年轻女子回答道："一分钱也不用付。妈妈教导我们施以爱心，不图回报。"男孩说："那么，就请接受我由衷的感谢吧！"说完男孩离开了这户人家。此时，他不仅感到浑身是劲儿，而且还看到上帝正朝着他点头微笑，那种富人汉的豪气像山洪一样迸发出来。

数年之后，那位年轻女子得了一种罕见的重病。当地的医生束手无策。最后，她被转到了大城市医治，由专家会诊治疗。大名鼎鼎的霍华德·凯利医生也参与了医治方案的制订。当看到病历上所写病人的来历时，一个奇怪的念头霎时间闪过他的脑际，他马上起身直奔病房。

来到病房，凯利医生一眼就认出床上的病人就是那位曾帮助过他的恩人。他回到办公室，决心竭尽所能来治好恩人的病。从那天起，他就特别关照这个病人。经过艰辛努力，手术成功了。凯利医生要求把医药费通知单送到他那里，在通知单的旁边，他签了字。

当医药费通知单送到这位特殊的病人手中时，她不敢看，因为她确信，治病的费用将会花去她的全部家当。最后，她鼓起了勇气，翻开了药费通知单，只见通知单是空白的，只在旁边有一行小字，这样写着："医药费——一

大杯牛奶，医生凯利”。原来这位医生就是当年那个推销商品的穷男孩小凯利。

找到菜的买主

人生的价值，即以其人对于当代所做的工作为尺度。

——徐玮

小赵是某国有企业的一名下岗职工，丈夫所在的工厂也不景气，每月只能发600元生活费，加上她的下岗补贴，不足500元，本来这点钱就不多，再加上家里有一对双胞胎儿子上学，所以日子过得非常艰难。

政府为了促进下岗职工的再就业，特意在城区一角建了一个菜市场，鼓励下岗职工进行再就业。小赵和丈夫一商量，借了一千块钱，再加上家里所有的几百块钱，租了一个摊位，开始卖菜。夫妻俩说干就干，第二天就把摊支开了，小赵跑前跑后地忙活，抱着新批发来的蔬菜，就像抱着自己的宝贝似的，心里美滋滋的。

每天忙活下来，可以赚几十块钱，小赵的心里甭提有多高兴了。可是好景不长，由于这个位置太偏，人们买菜都不愿跑那么远，菜市场就慢慢地冷落下来了，有时候，一天也卖不了多少菜，于是小赵决定收摊不干了。

可就在要收摊的当天下午，来了一个买菜的中年人，这人不知怎么偶尔跑到这里要买5斤西红柿，称好后他让小赵放在一边，说过会儿再来拿。可是小赵直到晚上收摊这人也没来取，此后小赵一连等了5天，这个人终于露面了，小赵急忙喊住他，要给他西红柿，可是一看，西红柿已经有些坏了，于是小赵拿出口袋里仅有的不多的一点儿钱，去外边买了五斤西红柿交给这位中年人。

这位中年人怔怔地看着小赵和周围空空的菜摊，猛然好像明白了什么，轻轻地问小赵：“这几天你一直都在等我？”小赵慢慢地点了点头。

中年人思索了一会儿，迅速地掏出笔，在纸片上写了一会儿，然后递给小赵说："我是附近工厂的伙食长，每天都要到城里来买菜，往后你就照这个单子上写的每天给我们送菜吧。小赵惊喜地接过纸片。从此，小赵每天就按时给工厂送菜，生活从此慢慢好了起来，从而摆脱了家中的经济困境。

帮人拾鞋的张良

> 世界上能为别人减轻负担的都不是庸庸碌碌之徒。
>
> ——狄更斯

秦朝末年，张良指使力士刺杀秦始皇，不成想误击秦始皇的副车而行刺失败，后来辗转逃到了下邳。

苦闷彷徨的张良在下邳整天闷闷不乐，有一天早晨，张良独自外出，眺望田野的景色。当他走到一座桥上时，遇到一位白头的老翁，只见老翁身穿黄色大褂，朝着他走过来。当他走到张良的跟前时，恰巧一只鞋子掉在了桥下。老人对张良说："年轻人，你下桥去帮我把鞋子捡上来！"张良一听，起初不由得想动怒，心里说，我一个堂堂的韩国公子，你我素不相识，你凭什么叫我帮你捡鞋子？可是转念一想——这位老人手持竹杖，须眉皆白，少说也有七八十岁的年纪了，如何与他动气？于是便忍住怒气，跑下桥去，把鞋子拾了回来。

张良上来后，把鞋子递与白发老翁，不成想老人却坐到地上，伸出一只脚，毫不客气地对张良说："年轻人，给我穿上！"

张良愣了一下，觉得既好气又好笑，心想：哎！我捡都替他捡了，干脆好人做到底吧！于是跪在地上，恭恭敬敬给老人穿上了鞋子，老人又故意把鞋蹬掉桥下，让张良又去拣来给他穿上。就这样来回折腾了多次。

老人扬起头来，理理胡须，微微一笑，站起身来下桥而去。

老人一系列的行为都太奇怪了，张良不禁又是一愣：这人如此不通情达理，竟然连声谢谢的话都不说！越想越觉得这位老人太古怪离奇，便跟在他身后，想看他行往何处，有何举动。

大约走了半里多路，老人似乎已发觉张良还在跟随自己，便回身来，和颜悦色地与张良说道："你这娃娃还有出息，可以教授。"张良一听，就知道老人有些来历，赶紧跪在地上，拜了三拜说："我在这里拜见师父了！"老人说："5天之后，天色一亮，你仍然来到这里，与我相会。"张良答了声"是"，目送着老人远去。

到了第五天，张良黎明即起，按约定去原地迎候老人。谁知他一到来，老人早已在此等候。那位老人生气地对张良说："你跟老人约会，应该早到，岂有我等你之理呢？今天你先回去吧，再过5天，早些来会我！"张良不敢多言，当下跪地道歉。

又过了5天，张良格外留心，一闻鸡鸣，便立即前往，哪知老人又先到了，依旧是责备他迟到不敬，要他再过5天，准时来会。张良无奈，只得又一次扫兴而归。

又过了5天，在这5天最后一天，张良始终未睡，黄昏刚过，便去等待老人。不大一会儿，老人来了，见张良正在此等候，微笑着说："娃娃求教，就应该像这样。"边说着，从袖中取出一本书交给张良，谆谆嘱咐说："你好好读此书，日后可成为有学问的人！"

张良小心翼翼地接过书来，恭恭敬敬地致了谢，之后便问及老人的尊姓大名，那老人也不回答，扭头就走了。等到天亮，张良把书展开一看，原来是一部《太公兵法》。

从此以后，张良不分昼夜，苦读不止，把《太公兵法》全书都背了个滚瓜烂熟。不久之后，各路义军纷纷扯旗造反，张良见时机来到，于是结交豪士，拉起队伍，举起了反秦抗暴的大旗。

楚庄王义救部下

但愿每次回忆，对生活都不感到负疚。

——郭小川

春秋时期的公元前605年，楚庄王平息了地方上的叛乱班师回朝，楚庄王非常高兴，在宫廷内举行了盛大的庆功筵席，大宴群臣。

因为楚庄王心情好，下令群臣尽情畅饮，非要大家一醉方休不可。酒宴从上午一直喝到傍晚，楚庄王还觉得意犹未尽，于是庄王下令点上蜡烛继续喝。不仅如此，庄王还让自己漂亮的爱妃许姬给大家敬酒。许姬真是太漂亮了，出来给大家敬酒顿时更增添了欢快的气氛。正在她给大家一一敬酒时，突然刮来一阵大风，把大厅里所有的蜡烛全都吹灭了。就在这黑暗中，有人趁机扯住了许姬的衣袖，欲图不轨。许姬非常聪明，在这短短的一瞬间她顺手就把那人的帽缨给扯断了，然后她转到楚庄王的身边，把这情况告诉了楚庄王，让楚庄王赶快点上蜡烛查出断帽缨的人治罪。谁知庄王听到这个情况后，急忙下令，先不要点燃蜡烛，然后对大家说，今天的酒宴真是痛快，为了喝得更加尽兴，大家在点燃蜡烛之前，先把自己的帽缨扯断，于是大家都把自己的帽缨都扯了下来。等到大家都扯下自己的帽缨之后，楚庄王才下令点燃蜡烛。

漂亮的许姬很不高兴，对楚庄王的做法很不理解。酒宴之后，许姬抱怨楚庄王说，为什么不治那人的不敬之罪。楚庄王说，今天的酒宴是我让大家开怀畅饮并要求大家一醉方休的，人非圣贤孰能无过，酒后失态也是情有可原的，如果我因为了这件事而诛杀了功臣，那会使一大批爱国将士感到心寒的，如果那样的话，谁还会为楚国尽力。许姬听后，也觉得楚庄王看得长远，是对的。

多年后，楚庄王率领军队去攻打郑国，在战斗中，楚庄王英勇作战，身先士卒。可没想到在战斗激烈地进行时，他被郑国的伏兵给包围了。在千钧一发的危急时刻，楚军的副将唐狡单人匹马冒死杀入重围，身负重伤后拼死救出了楚庄王，庄王大为感动，下令重赏唐狡，可唐狡辞谢说，当年那晚的宴会上就是自己扯许姬的衣袖，当时多亏大王让大家都扯断帽缨，帮助自己避免了杀身之祸，从那时起，自己就时常寻找机会报答大王，今日终于得偿心愿。

捐献土地给联合国

你若要喜爱你自己的价值，你就得给世界创造价值。

——歌德

第二次世界大战刚刚结束，以美英法为首的战胜国们几经磋商，决定在美国的纽约成立一个协调处理世界事务的组织机构——联合国，一切准备就绪之后大家才蓦然发现，这个全球至高无上、最权威的世界性组织，竟没有自己的立足之地。

买一块地皮吧，刚刚成立的联合国机构还身无分文。让世界各国筹资吧，似乎不可能，因为负面影响太大。况且二战的浩劫，使得各个国家的经济濒临崩溃，在这种情况下，怎么有能力来支援联合国的筹建呢？美国纽约的地皮又贵如黄金，买一块地可不是小数目呢！怎么办？联合国陷入了无可奈何的境地。

听到这一消息后，美国著名的家族财团洛克菲勒家族经商议，便马上果断出资870万美元，在纽约买下一块地皮，将这块地皮无条件地赠予了这个刚刚挂牌的国际性组织——联合国。同时，洛克菲勒家族亦将毗连这块地皮的大面积地皮全部买下。

对洛克菲勒家族的这一出人意料之举，当时许多美国大财团都吃惊不已，870万美元，对于战后经济萎靡的美国和全世界，都是一笔不小的数目呀，而洛克菲勒家族却将它拱手赠出了，并且什么条件也没有。这条消息传出后，美国许多财团主和地产商都纷纷嘲笑说：“这简直是蠢人之举！”并纷纷断言：“这样经营不要10年，著名的洛克菲勒家族财团，便会沦落为著名的洛克菲勒家族贫民集团！”

但出人意料的是，联合国大楼刚刚建成完工，毗邻它四周的地价便立刻飙升起来，相当于捐赠款数十倍、近百倍的巨额财富源源不尽地涌进了洛克菲勒家族财团。这种结局，令那些曾经讥讽和嘲笑过洛克菲勒家族捐赠之举的财团和商人们目瞪口呆。

冯谖免除贫民债务

一个人的价值，应该看他贡献什么，而不应当看他取得什么。

——爱因斯坦

战国时期，齐国的孟尝君是以养士出名的战国四公子之一。由于他待士十分真诚，感动了一个具有真才实学而又十分落魄的士人——冯谖。冯谖在受到孟尝君的礼遇后，决心为他效力。

一次孟尝君准备让人为他到其封地薛邑讨债，问谁肯去？冯谖说：“我愿去，但不知用催讨回来的钱，需要买什么东西。”孟尝君说：“就买点我们家没有的东西吧！”冯谖领命而去。

冯谖来到薛城，发现这里的老百姓听说收账的来了，都叫苦连天。收了两天，只收上来一部分钱，冯谖仔细一调查，得知这里的老百姓生活的确很贫苦，许多欠了孟尝君账的人，根本还不起账。于是冯谖特意把老百姓全召集在一起，对他们宣布说：“孟尝君放账给你们，本意是救济你们，并不是贪图钱财。我来收账，是因为他养了3000多门客，钱不够用。但是在临来之前，孟尝君嘱咐我：能还账的，你收；暂时还不了的，就缓收；真正还不起的，就把债券烧了，一概免了！”众人听了，齐声高呼：“孟尝君真是我们的恩人！”

孟尝君听冯谖回来向他汇报，只收了一部分钱财，把大量的债券都烧了，孟尝君顿时脸上变了颜色，说："只收回这一点钱财，怎么养活3000门客呢？谁让您自作主张烧债券的，我一直以为你有什么特殊才能，按最高的待遇招待您，您就这样为我做事吗？"

冯谖说："您别生气，那里的百姓非常穷苦，您留着债券也收不回来，还不如烧掉，换取老百姓对您的感激。我走时，您曾说，这里缺什么，就给您带什么回来，我认为这里最缺少的不是钱财，而是民心，我就给您买回来了。"

孟尝君无可奈何，只好恭维说："先生眼光远大，佩服，佩服。"心里却在暗恨他的自作主张。

然而过了不久，孟尝君的名声果然大了起来，秦国国君原想得到孟尝君，可孟尝君离他而去。现在见孟尝君在齐国名声越来越大并受到重用，就派人到齐国散布谣言，说孟尝君收买人心，要取代齐国国君的位置。齐国国君齐愍王听信谣言，立即罢了孟尝君的相位，叫他回自己的封地。

孟尝君被革了职，交出了宰相大印，往日的三千门客一下几乎全散了，只有那个烧了债券的冯谖寸步不离地跟着他，他感到十分凄凉。

后来，冯谖驾着车子，和孟尝君一起回封地薛城。薛城的老百姓听说孟尝君回来了，都从家里出来，到大路上迎接他。他们有的带着瓜果，有的带着鸡鸭，有的提着酒浆。孟尝君见到这种情景，感激得掉下了眼泪，心服口服地对冯谖说："先生替我买回了民心，您的确为我买来了最重要的东西。"此刻孟尝君才真正感受到得民心的好处。

满足王翦的要求

> 人生不是一种享乐，而是一桩十分沉重的工作。
>
> ——列夫·托尔斯泰

战国时期，秦国的老将王翦为秦国统一六国立下了汗马功劳。这一年，王翦又率领60万军队讨伐楚国，秦王嬴政亲自为大军送行。这时，王翦忽然向秦王嬴政提出了一个要求，请求秦王嬴政赏赐他大量的土地和宅院。

秦王嬴政有点搞不懂王翦的意思，不以为然地说："老将军只管领兵打仗，你是秦国的功臣，我怎么能让你受穷呢？"

王翦回答说："当国王的大将，虽然地位显赫，却不能封侯，因此，我想在大王还宠信我的时候，请求封我良田美宅，好作为我子孙后世的家产。"

秦王嬴政听后觉得这点要求相对于统一六国来讲简直是微不足道，便一笑了之。

王翦带领军队到了函谷关，还惦记着那点地产的事，接连几次派人向秦王嬴政提出地产的要求。王翦的手下百思不得其解。因为王翦本不是个爱好钱财的人，便问他说，"将军如此三番五次地恳请田宅是为什么呢？您本不是如此功利之人。"

王翦答道："我倒不是功利之人，但秦王生性猜疑，不信任他人。如今他让我率领秦国几乎全部的军队出征，我不借此机会多要求些田宅，以示忠心，他能相信我吗？"

第二年，王翦率军攻下楚国，俘获楚王。秦王嬴政满足了王翦的要求，赏了他良田美宅，还将他封为武成侯。

帮助咆哮的伙伴

生活只有在平淡无味的人看来才是空虚而平淡无味的。

——车尔尼雪夫斯基

纽约自由街114号的麦哈尼，专门经销石油所使用的特殊工具。一次他接受了长岛一位重要主顾的一批订单，图纸呈上去，得到了批准，工具便开始制造了。然而，一件不幸的事情发生了：那位买主同朋友们谈起这件事，他们都警告他，他犯了一个大错，他被骗了。一切都错了，太宽了，太短了，太这个，太那个……他的朋友把他说得发火了。于是，他打了一个电话给麦哈尼先生，发誓不接受已经在制造的那一批器材。

“我仔细查验过了，确知我方无误，”麦哈尼先生事后说，“我知道他和他的朋友们都不知所云，可是，我觉得，如果这样告诉他，将很危险。我到了长岛。当我走进办公室，他立刻跳起来，一个箭步朝我冲过来，话说得很快。他显得很激动，一面说一面挥舞着拳头，竭力指责我和我的器材，而我却耐心地听着。结束的时候，他说：‘好吧，你现在要怎么办？’

“我心平气和地告诉他：我愿意照他的任何意见办。我说：‘你是花钱买东西的人，当然应该得到适合你用的东西。可是总得有人负责才行啊！如果你认为自己是对的，请给我一张制造图纸，虽然我们已经花了2000元钱，但我们可以取消这笔钱。为了使您满意，我们宁可牺牲2000元钱。但我得先提醒你，如果我们照你坚持的做法，你必须负起这个责任。但如果你放手让我们照原定的计划进行，我相信，原计划是对的，我们可以保证负责。’

“他这时平静下来了，最后说：‘好吧！照原计划进行。但若是错了，上天保佑你吧。’

“结果没错。于是他答应我，本季还要向我们订两批相似的货。”

巧妙帮助检验人员

> 生活真相这杯浓酒，不经三番五次的提炼呵，就不会这样可口！
>
> ——郭小川

克洛里是纽约泰勒木材公司的推销员。他承认，多年来，他总尖刻地指责那些大发脾气的木材检验人员的错误，他也赢得了辩论，可这一点好处也没有。因为那些检验人员“和棒球裁判一样，一旦判决下去，他们绝不肯更改”。

在克洛里看来，他在口舌上获胜，却使公司损失了成千上万的金钱。因此，他决定改变这种习惯，不再抬杠了。下面是他的报告：

有一天早上，我办公室的电话响了。一位愤怒的主顾在电话那头抱怨我们运去的一车木材完全不符合他们的要求。他的公司已经下令停止卸货，请我们立刻把木材运回去。在木材卸下1/4后，他们的木材检验员报告说，55%的木材不合规格。在这种情况下，他们拒绝接受。

听完电话，我立刻赶去对方的工厂。在途中，我一直思考着一个解决问题的最佳办法。通常在那种情形下，我会以我的工作经验和知识来说服检验员。然而，我又想，还是把在课堂上学到的为人处世原则运用一番看看。

到了工厂，我见购料主任和检验员正闷闷不乐，一副等着抬杠的姿态。我走到卸货的卡车前面，要他们继续卸货，让我看看木材的情况。我请检验员继续把不合格的木料挑出来，把合格地放到另一堆。

看了一会儿，我才知道他们的检查太严格了，而且把检验规格也搞错了。那批木材是白松。虽然我知道那位检验员对硬木的知识很丰富，但检验白松却不够格，经验也不够，而白松碰巧是我最内行的。我能以此来指责对方检验员评定白松等级的方式吗？不行，绝对不能！我继续观看着，慢慢地开始问他某些木料不合格的理由是什么，我一点也没有暗示他检查错了。我强调，我请教他只希望以后送货时能确实满足他们公司的要求。

以一种非常友好而合作的语气请教，并且坚持把他们不满意的部分挑出来，使他们感到高兴。于是，我们之间剑拔弩张的气氛松弛消散了。偶尔，我小心地提问几句，让他自己觉得有些不能接受的木料可能是合格的，但是，我非常小心不让他认为我是有意为难他。

渐渐地，他的整个态度改变了。他最后向我承认，他对白松木的经验不多，而且问我有关白松木板的问题，我就对他解释为什么那些白松木板都是合格的，但是我仍然坚持：如果他们认为不合格，我们不要他收下。他终于到了每挑出一块不合格的木材就有一种罪过感的地步。最后他终于明白，错误在于他们自己没有指明他们所需要的是什么等级的木材。

结果，在我走之后，他把卸下的木料又重新检验一遍，全部接收了，于是我们收到了一张全额支票。

保持玉米质量

芸芸众生，孰不爱生？爱生之极，进而爱群。

——秋瑾

有一位名叫勃姆的农夫在辽阔的田地上种植玉米：他不断地研究改良玉米的新品种，希望能够减少病虫害，增加玉米的产量。最后，他所研发出来的新品种，终于获得美国农业界的最高荣誉——蓝带奖。

勃姆在颁奖典礼之后回到自己的乡里，马上将他得奖的玉米新品种分送给周围同样种植玉米的其他农人，让他们也能够分享更好的玉米种植成效。

见到勃姆这种行为的朋友们，纷纷劝他不要做这样的傻事。他们建议勃姆，可以将获奖的玉米新品种拿去申请专利，让所有想要拥有这些品种的农夫们必须付出相当的权利金来购这项专利，好让勃姆多年努力研究的辛苦结晶，为他带来一笔可观的财富。

对于朋友们的建议，勃姆耐心地向他们解释，自己为什么要分送优良新品种的做法。勃姆告诉他的朋友，植物是靠着蜜蜂、蝴蝶等昆虫的传粉来衍生下一代，如果紧邻他的农田那些其他玉米仍是原来质量不良的品种，经过昆虫的频繁传粉，几代之后，他的新品种将会被同化成低劣的玉米。

所以，最好的做法就是让附近几千公顷的玉米农田种植相同的新品种玉米，如此一来，整片农田生产的玉米品质便可维持在固定的水准之上。

扶助贫民社区

人只有献身于社会，才能找出那短暂而有风险的生命的意义。

——爱因斯坦

在美国西部有一所非常著名的学府，它的名字几乎为全世界的知识分子所知晓。学校的每个入校学生的分数要在平均分 90 分以上，学费也极其昂贵，相当普通家庭整月的开销，就连学生常穿的校服也贵得惊人。

就是这著名的学校却紧邻一个治安极坏的贫民区，学校的玻璃经常被顽童打破，学生的车子总是失窃，学生在晚上被抢已不是新闻，女学生甚至遭到强暴，连教师都遭到过袭击，人人不得安宁……

“我们这么伟大的学校，怎能有那么糟糕的邻居。”董事会议愤怒地一致通过：“把那些不文明的邻居赶走!”方法很简单——以学校雄厚的财力把贫民区的土地和房屋全部买下，扩大成为校园的地盘。

校园是变大了，但是问题不但没有解决，反而变得更严重，因为那些贫民虽然搬走了，却只是向外移，隔着青青的草地，学校还得重新面对新的贫民区，加上校园扩大难于管理，治安就更差了。

手足无措的董事会请来当地的警察维护治安。

“当你们与邻居相处不好时，最好的方法不是把邻人赶走，更不是将自己封闭。反而应该试着去了解、沟通，进而影响、教育他们。”警官说。

校董们听警官说得有理，决定按着他说的尝试做一做。

他们设立了平民补习班，又派研究生去贫民区调查探访，捐赠教育器材给邻近的中小学，并辅导就业，还开辟部分校园为运动场，供青少年们使用。

半年后，这所学校的环境治安已经大大地改观，而那邻近的贫民区，也眼看着步入了小康。

理解他人的苦衷

充满着欢乐与斗争精神的人们，永远带着欢乐，欢迎雷霆与阳光。

——赫胥黎

纽约的戴尔夫人是社交界的名人，戴尔夫人说："最近，我请了少数几个朋友吃午饭，这种场合对我来说很重要。当然，我希望宾主尽欢。我的总招待艾米，一向是我的得力助手，但这一次却让我失望。

"午宴很失败，到处看不到艾米，他只派个侍者来招待我们。这位侍者对第一流的服务一点概念也没有。每次上菜，他都是最后才端给我的主客。有一次，他竟在很大的盘子里上了一道极小的芹菜，肉没有炖烂，马铃薯油腻腻的，糟透了。

"我简直气死了，我尽力从头到尾强颜欢笑，但不断对自己说：'等我见到艾米再说吧，我一定要好好给他一点颜色看看。'但是转念一想：即使我教训艾米一顿也无济于事。他会变得不高兴，从而跟我作对，反而会使我失去他的帮助。

"我试着他的立场来看这件事：菜不是他买的，也不是他烧的，他的一些手下太笨，他也没有法子。同时也许我的要求太严厉了，火气太大了。所以我不但准备不苛责他，反而决定以一种友善的方式作开场白，以夸奖来开导他。这个方法效验如神。

"第二天，我见到了艾米，他带着防卫的神色，严阵以待准备争吵。我说：'听我说，艾米，我要你知道，当我宴客的时候，你若能在场，那对我有多重要！你是纽约最好的招待。当然，我很谅解：菜不是你买的，也不是你烧的。星期三发生的事你也没有办法控制。'我说完这些，艾米的神情开始松弛了。

"艾米微笑着说：'的确，夫人，问题出在厨房，不是我的错。'

"我继续说道：'艾米，我又安排了其他的宴会，我需要你的建议。你是否认为我们应该再给厨房一次机会呢？

"'呵，当然，夫人，当然，上次的情形不会再发生了！'

"下一个星期，我再度邀人午宴。艾米和我一起计划菜单，他主动提出把服务费减收一半。当我和宾客到达的时候，餐桌上被两打美国玫瑰装扮得多彩多姿，艾米亲自在场照应。即使我款待玛莉皇后，服务也不能比那次更周到。食物精美滚热，服务完美无缺，饭菜由4位侍者端上来，而不是一位，最后，艾米亲自端上可口的甜美点心作为结束。

"散席的时候，我的主客问我：'你对招待施了什么法术？我从来没见过这么周到的服务。'

"她说对了。我对艾米施行了友善和诚意的法术。"

有瑕疵的西装

世间的活动，缺点虽多，但仍是美好的。

——罗丹

兴致勃勃的墨顿在新泽西州纽瓦克市的一家百货公司买了一套西装，结果这套西装令他很不满意，上衣褪色，弄脏了他的衬衫领子。

他把西装送回店里，找到了当初卖给他的那位店员。他试着把情形说出来，但被店员打断了。

那位店员说："这种西装我们卖了好几千件，你是第一个抱怨的人。"

这是他所说的话，但他的语调更糟糕，他那咄咄逼人的语调等于在说："你在骗人，哼！我可要给你一点颜色瞧瞧。"

墨顿想找别人理论，这时第二位店员插嘴进来，他说："所有深色的西装，因为颜色的关系，开始的时候会褪点颜色，这是没有办法的。这种价

钱的西装都是如此。,"

"这个时候我已经怒火中烧了,"墨顿先生在叙述这件事的时候说:"第一个店员对我的诚实感到怀疑,第二个暗示我买的是低级货。我火大了,我正想叫他们滚到地狱去的时候,突然间,服装部的经理走过来了。他很有一手,他把我的态度整个改变过来。他使一个愤怒的人,变成了一名满意的顾客,下面就是他所做的:

"他从头到尾地听我把事情叙述一遍,没有说一句话。

"当我说完的时候,那两个店员又提出他们的说法,他却以我的观点跟他们辩起来。他告诉那两个店员我的领子确实是被那套西装弄脏了,还坚持说该店所卖的东西,必须令顾客感到100%的满意。

"最后,他承认自己不知道毛病出在什么地方,他对我很干脆地说:"你要我怎么处理这套西装呢?我完全照你的意思做。

"就在几分钟前,我还准备叫他们收回这套该死的西装,但这时我却回答:'我只要你的忠告,我要知道这种情形是否是暂时的,以及是否有什么补救的办法。'

"他提议我再穿一个星期看看。'如果那时候你还不满意,再带来,我们再换一套你满意的。很抱歉,给你带来这么多麻烦,'他回答说。

"我很高兴地走出那家商店,我告诉自己假使那套西装再出现问题我也不再麻烦他了,我已经得到了满意的答案。"

助人登基的吕不韦

社会犹如一条船,每个人都要有掌舵的准备。

——易卜生

战国时期的大商人吕不韦,将从西北运来的各国宝物和产品做大规模的交易,往来中国各地,而成为富豪。

有一天，他想：自己经商成功，如果再继续下去也没有什么意义，应该做些买卖以外的大事情。他开始关心政治。“如果能当个成功的政治家，就能操纵国事，倘若顺利，天下就是自己的，比起卖命经商一定更有趣。”终于，他下定决心从政。

通过掌握各国政情，他意识到战国七雄中最强的是秦国，不久的将来秦国会统一天下，所以要先设法在秦国谋求个职位。

当时的秦王是高龄的昭王，但实权是在太子安国君手上，而太子岁数也不小了。因此，称霸天下的君王，必须在安国君的二十多个儿子中选一个。

吕不韦在安国君的二十几个儿子中终于发现一个人，就是在赵国邯郸当人质的异人。异人是众兄弟中境遇最不好的。秦国当年有攻打赵国的计划，以异人作为人质送往赵国，如果两国关系恶化，他就有被杀的危险。但是吕不韦却把他当作目标，因为在逆境中的人更能磨炼出才智，而且也最容易接近。

吕不韦试着接近过着寂寞的人质生活的异人，并赠送500金，劝他用这些钱招待来访的邯郸名士，打入社交界。

受到招待的名士对于在异国当人质而有广阔胸襟的异人十分敬佩，通过他们之口，异人的名声开始传到各国。吕不韦也叫人散布：“在赵国当人质的秦国王孙异人是个杰出的人物”。

当然这些话在秦国也流传着。吕不韦又选准一个时机到了秦国，得以见到了太子安国君的宠妃华阳夫人。

吕不韦告诉她，异人是个杰出的人才，很想念家乡，又说些他尊敬父王安国君，把华阳夫人当成母亲一般敬仰的好话。他终于说动了华阳夫人收异人为养子，使异人在众兄弟中最接近王位。

随后吕不韦又把怀了自己孩子的宠姬让给了异人。不久，赵姬生下一子，取名政，就是后来的秦始皇。政出类拔萃，年幼时就察觉出自己的身世秘密。

政还是婴儿时，秦国攻打赵国，包围邯郸。吕不韦以600斤黄金买通军役，帮助将要被处死的人质异人逃出了邯郸。赵姬和政被留在赵国。赵国要杀赵姬和政。由于赵姬娘家是赵国豪族，且由于吕不韦从中协调，得免于一死。

六年后，秦昭王死，太子安国君继承王位。这时，华阳夫人已认异人为亲生子，改名子楚，并被立为太子。安国君的健康状况不佳，即位后一年就死了。

太子子楚即位，是为襄王。吕不韦的计划终于实现了，以低价买来的人，现在成了超级大国秦国的国君。庄襄王任吕不韦为宰相，封为文信侯，得到洛阳10万户的领地。这样，吕不韦以前所投资的金钱全都收了回来。

再后来，秦王嬴政登基，可嬴政却是吕不韦的儿子。

帮人考试的袁世凯

人生的价值，并不是用时间，而是用深度去衡量的。

——列夫·托尔斯泰

民国年间，身为一世枭雄的“北洋之父”袁世凯在统御部下方面很有手段。

早在小站练兵时期，他就从天津武备学堂物色了一批军事人才。其中最著名的有三个人：段祺瑞、冯国璋、王士珍。后来都成了北洋系统中叱咤风云的人物。袁世凯为了让他们对自己感恩戴德，供其利用可谓煞费苦心。

袁世凯在创办新军时，相继成立了三个协（旅），在选任协统时，他宣布采用考试的办法，每次只取一人。

第一次，王士珍考取。

第二次，冯国璋考取。

从柏林深造回国的段祺瑞，自认为学问不凡，却连续两次没有考取，对段来说，只有最后一次机会了。第三次考试前，他十分紧张，担心再考不上，就要屈居人下，心中十分不快。

第三次考试前一天的晚上，正当段祺瑞闷闷不乐地坐着发呆时，忽然传令官来找他说是袁大人叫他去。段祺瑞不敢怠慢，立即前往帅府，晋见袁世凯。袁世凯令他坐下，东拉西扯，说了些不着边际的话。临走，袁世凯塞给段祺瑞一张纸条，段祺瑞心中的纳闷，这纸条是什么呢？又不敢当面拆开看。急忙回到家中，打开一看，不觉大喜，原来是这次考试的试题。

段祺瑞连夜准备，第二天考试时，胸有成竹，考试结果一出来，果然高中第一名，当了第三协的协统。

段祺瑞深感袁世凯是个伯乐，对于自己有知遇之恩，决心终身相报。

后来，段祺瑞、冯国璋、王士珍都成了北洋军阀政府的要人。段祺瑞谈起当年袁世凯帮他渡过难关的事，仍感恩不尽，谁知冯国璋、王士珍听了，不觉大笑，原来王、冯二人考试时也得到过袁世凯给的这样的纸条。

心理学家的建议

> 微笑，它不花费什么，但却创造了许多成果。
>
> ——戴尔·卡耐基

几十年前，在纽约北郊曾住着一位姑娘叫沙姗，她自怨自艾，认定自己的理想永远实现不了。她的理想也就是每一位妙龄姑娘的理想：跟一位潇洒的白马王子结婚，白头偕老。沙姗整天梦想着，可周围的姑娘们都先后成家了，她成了大龄女青年，她认为自己的梦想永远不可能实现了。

在一个雨天的下午，沙姗在家人的劝说下去找一位著名的心理学家。握手的时候，她那冰凉的手指让人心颤，还有那凄怨的眼神，如司坟墓中飘出的声音，苍白憔悴的面孔，都在向心理学家暗示：我是无望的了，你会有什么办法呢？

心理学家沉思良久，然后说道："沙姗，我想请你帮我一个忙，我真的很需要你的帮忙，可以吗？"

沙姗将信将疑地点了点头。

“是这样的。我家要在星期二开个晚会，但我妻子一个人忙不过来，你来帮我招呼客人。明天一早，你先去买一套新衣服，不过你不要自己挑，你只问店员，按她的主意买。然后去做个发型，同样按理发师的意见办，听好心人的意见是有益的。”

接着，心理学家说：“到我家来的客人很多，但互相认识的人不多，你要帮我主动去招呼客人，说是代表我欢迎他们，要注意帮助他们，特别是那些显得孤单的人。我需要你帮助我照料每一个客人，你明白了吗？”

沙姗一脸不安，心理学家又鼓励她说：“没关系，其实很简单。比如说，看谁没咖啡就端一杯，要是太闷热了，开开窗户什么的。”沙姗终于同意一试。

星期二这天，沙姗发式得体，衣衫合身，来到了晚会上。按着心理学家的要求，她尽心尽力，只想着帮助别人。她眼神活泼，笑容可掬，完全忘掉了自己的心事，成了晚会上最受欢迎的人。晚会结束后，有三个青年都提出了送她回家。

一个星期又一个星期，三个青年热烈地追求着沙姗，她最终答应了其中一位的求婚。望着幸福的新娘，人们都说心理学家创造了一个奇迹。

帮穷人的忙

> 真正的礼貌来自真诚。
>
> ——塞缪尔·斯迈尔斯

明朝苏州城里有位尤老翁，开了间典当铺。一年年关前夕，尤老翁在里间盘账，忽然听见外面柜台处有争吵声，就赶忙走了出来。原来是附近的一个穷邻居赵老头正在与伙计争吵。尤老翁一向谨守“低调做人”、“和气生财”的信条，先将伙计训斥一遍，然后再好言向赵老头赔不是。可是赵老头板着的面孔不见一丝和缓之色，靠在柜台上一句话也不说。挨了骂的伙计悄声对老板诉苦："老爷，这个赵老头蛮不讲理。他前些日子当了衣服，现在，他说过年要穿，一定要取回去，可是他又不还当衣服的钱。我刚一解释，他就破口大骂，这事不能怪我呀。"

尤老翁点点头，打发这个伙计去照料别的生意，自己过去请赵老头到桌边坐下，语气恳切地对他说："老人家，我知道您的来意，过年了，总想有身体面点儿的衣服穿。这是小事一桩，大家是低头不见抬头见的熟人，什么事都好商量，何必与伙计一般见识呢？您老就消消气吧。"

尤老翁不等赵老头开口辩解，马上吩咐另一个伙计查一下账，从赵老头典当的衣物中找四五件冬衣来。然后，尤老翁指着这几件衣服说："这件棉袍是你冬天里不可缺少的衣服，这件罩袍你拜年时用得着，这三件棉衣孩子们也是要穿的。这些你先拿回去吧，其余的衣物不是急用的，可以先放在这里。"赵老头似乎一点儿也不领情，拿起衣服，连个招呼都不打，就急匆匆地走了。

尤老翁并不在意，仍然含笑拱手将赵老头送出大门。没想到，当天夜里赵老头竟然死在另一位开店的街坊家中。赵老头的亲属乘机控告那位街坊逼死了赵老头，与他打了好几年官司。最后，那位街坊被拖得筋疲力尽，花了一大笔银子才将此事摆平。

原来赵老头因为负债累累，家产典当一空后走投无路，就预先服了毒，来到尤老翁的当铺吵闹寻事，想以死来敲诈钱财。没想到尤老翁做人一向低调，明知吃亏也不与他计较，赵老头觉得坑这样的人即使死后也要下地狱，只好赶快撤走，在毒性发作之前又选择了另外一家。

助人是快乐的

助人的习惯

> 为了生活中努力发挥自己的作用，热爱人生吧。
>
> ——罗丹

那一年，利特还很年轻，有一回利特把车停在佛蒙特州南部的森林里，一位附近的农夫倒车时不小心将利特的汽车撞瘪了一块，而利特并不在场。当利特前往取车时，发现车窗上贴着一张纸条，上面工工整整地写着一行字：“我们等着您”。下面是一个电话号码。

后来，利特是如何根据电话的指引在农夫家的饭厅里同他相见，并交换各自汽车投保情况的情节，利特已经想不起来了，但利特清楚地记得，当利特就农夫主动承担责任的精神表示感谢时，农夫平淡地回答说：“这是我们做事的习惯。”他的妻子则微笑着在围裙上擦干手，附和着丈夫说话。

许多年过去了，利特始终记得这场面和这句话。这对正直、体贴的农家夫妇生活得还好吗？利特决定再次拜访他们的农舍。

带着自家烘制的馅饼，驾驶着汽车朝佛蒙特州的南部驶去。一路上利特使劲地搜索着记忆中的小屋。停下车，利特向路人描绘着记忆中的农场——低矮的苹果林边有一个石头砌成的谷仓，大片的向日葵地，屋前的花坛里种着太阳花、瓜叶菊和毛地黄。路人笑着对利特说：“我们这个州有三分之一的地方类似这样，先生，除非你能说出姓名。”可利特说不出来。

“许多人都会这样干的。真的，这是我们做事的习惯。”一个老妇人听利特复述往事后这样说。几个小时后，利特把车开进了野餐区，这是一个有清澈小溪、种植着大片菠萝的美丽地方。但利特正为此次重返旧地一无所获而心情不佳。

“对不起，先生，我打搅你一下。”一对陌生人过来，他们正为自己的车钥匙被锁进了汽车而不知所措。“我可以替他们打电话请来锁匠？或许让他们搭我的车回城……”利特想。

于是利特请他们上了自己的车向城里开去。一路上，那位夫人向利特介绍说，她丈夫是个植物学家，他们正一路旅行去北方收集蕨类植物。

他们终于把锁匠从城里带回了野餐营地。锁匠工作时，他们夫妇和利特则在露天餐桌边坐下，共同分享利特所带的馅饼。植物学家兴奋地说：“你这人真好，你真的帮了我们大忙。”利特笑着回答：“这是我们做事的习惯。”接着就把当年的故事告诉了他们，并倾诉了寻找无着的懊恼。此刻，他的夫人甜甜地插上一句：“噢，不！您已经寻找到了这里的‘习惯’。”

被真诚互助感动

人的一生可能燃烧也可能腐朽，我不能腐朽，我愿意燃烧起来！

——奥斯特洛夫斯基

1918 年，初创的华纳电影制片厂还没来得及“挂牌”，就因为资金问题而到了濒临破产的边缘。在这关键时刻，华纳兄弟中的老大哈里·华纳与洛杉矶的银行家英特利相遇在纽约的街头。通过短时间的接触，英特利十分慷慨地借给了他 100 万美元，终于使华纳制片厂转危为安。

那么，是什么东西使英特利对哈里·华纳如此慷慨呢？1923 年 4 月，在华纳电影公司成立的晚宴上，英特利一语道破了天机：“华纳四兄弟对父母的敬爱，以及兄弟间诚挚互帮的友爱让我感动，后来的交往进一步证明了我看法的正确性。华纳兄弟是如此的真诚和互助，他们必将走向成功。我很高兴有幸能从金钱上给予他们支持。”

英特利的话音刚落，华纳兄弟的父亲——66岁的老华纳告诉大家：“我曾听到过两个人这样评价我的儿子，一个说：‘华纳兄弟不可能在电影业上有所作为。’‘为什么不可能有所作为呢？’另一个问道。‘因为他们太真诚和互助了。’那个人回答说。今天，英特利先生说到支持我的儿子是因为他们的真诚和互助，我觉得这是我一生中最伟大的时刻！”

助飞梦想的翅膀

> 希望是附丽于存在的，有存在，便有希望，有希望，便是光明。
>
> ——鲁迅

许多年后，从前的同班同学又在他们原来的教室聚会了。他们谈论着旧日的时光，谈论着回忆的价值。突然在座的爱丽丝想起了年轻时的一件事。希望这件事能说明这些往日的同学都曾感受过的特殊的心情。

“为什么最简单的事情偏最难说明呢？”她这样问其他同学。“那样的事只能通过比喻来说明，而比喻不是证明手段，是不是举一个例子最终能使我们取得进展呢？随便讲个什么小小的故事，行吗？”

“当我还是个10岁孩子的时候，我非常想要一辆自行车。我父亲说我们家穷得捉襟见肘。从那时起我就不再敢提起此事……直到有那么一天，我从年市上跑回家，激动地告诉家里的人：摸彩头奖是一辆自行车！而一张彩票只要20芬尼！父亲笑了。我请求道：‘我们买两张彩票，或者甚至三张彩票，行吗？’……父亲回答说：‘我们穷人没有那么好的运气。’我央求着，父亲摇摇头。我哭了起来，于是他让步了。‘好吧，’他说，‘明天下午我们去赶年集。’我高兴极了。

“第二天下午到了，谢天谢地，那辆自行车还在原地放着。我可以买一张彩票。摇奖的轮盘嘎嘎吱吱地转着，我没中彩。不要紧，车还在，没有人把它赢走……头奖第二次开奖的时候，我手里拿着第二张彩票，心都要跳到嗓子眼了。摇奖的轮子吱吱嘎嘎地响着。咔嗒一声停了下来，中奖号正是27号——我赢了。

“父亲死后很久，母亲才把当时的真相告诉我：父亲头一天晚上去找房东借了150马克。然后又找摸奖处的人，按商店价格买下这部自行车，并对他说：‘明天我带一个小女孩儿来，请您让她的第二张彩票中奖，她得比我更好地学会相信她自己的运气。’摇彩的的人手艺很熟练，他非常有把握：想让哪个号码中奖，哪个号码就中奖。

“这笔钱是我父亲分很多期一点一点还清的，而我却很高兴，只有孩子才会那么高兴，因为我的车确确实实只花了40芬尼。”

尊重就是助人

> 和蔼可亲的态度是永远的介绍信。
>
> ——培根

乔·吉拉被人们赞誉为伟大的推销员，他在15年中卖出了13000辆汽车，并创下过一年卖出1425辆的记录，这个成绩被收入了《吉尼斯世界大全》。那么你想知道他推销的秘诀在哪里吗？

曾经有一天，一位中年妇女走进了乔·吉拉的汽车展销室，说她想在这儿看看车打发一会儿时间。闲谈中，她告诉乔·吉拉她想买一辆白色的福特车，就像她表姐开的那辆一样，但对面福特车行的推销员让她过一小时后再去，所以她就先来这儿看看。她还说这是她送给自己的生日礼物：“今天是我的55岁生日。”

“生日快乐！夫人。”乔·吉拉一边说，一边请她进来随便看看，接着

出去交代了一下，然后回来对她说："夫人，您喜欢白色车，既然您现在有时间，我给您介绍一下我们的双门式轿车——也是白色的。"

他们正谈着，女秘书走了进来，递给乔·吉拉一束玫瑰花。乔·吉拉把花送给那位妇女："祝您生日快乐，尊敬的夫人。"

显然她很受感动，眼眶都湿了。"已经很久没有人给我送礼物了。"她说，"刚才那位福特推销员一定是看我开了部旧车，以为我买不起新车。我刚要看车，他却说要去收一笔款，于是我就上这儿来等他，其实我只不过是想要一辆白色汽车而已，由于表姐的车是福特牌的，所以我也想买福特牌的。现在想想，不买福特牌的也可以。"

最后，她在乔·吉拉这儿买走了一辆雪佛莱，并写了一张全额支票，其实从头到尾乔·吉拉的言语中都没有劝她放弃福特而买雪佛莱的词句。只是因为她在这里感觉受到了尊重，于是放弃了原来的打算，转而选择了乔·吉拉的产品。

挑选新的王后

路是脚踏出来的，历史是人写出来的。人的每一步行动都在书写自己的历史。

——吉鸿昌

"战国七雄"之一的齐国，有一位宰相名叫田婴，虽然处于乱世，但他治国有方，使得齐国威名远扬。对于做人、察人之道，他更是深谙其理，这使得官居宰相的他，没有被卷进王位争夺的漩涡，反而能够经历三位君王而相安无事，后来封于薛国之地，安享晚年。

有关他暗中揣摩君王心意的故事，流传很广。下面是其中的一例。

王后去世之后，必须在齐王的10位嫔妃中选出一人继任王后，但究竟要选择哪一位，齐王并不明确地表示。

身为宰相的田婴于是开始动脑筋。他认为：如果能确定哪一位是齐王最宠爱的妃子，然后加以推荐，定能博得齐王的欢心，并且对他倍加信赖；同时，新后也会对自己偏爱有加，对于以后的前程肯定会有帮助。不过，假若判断不准确，找不出齐王最爱的宠妃，事情反而糟糕。当然，这事又不能直接问齐王。

田婴想了几天，终于想出了一个办法，他命手下打造了10副耳环。而其中一副要做得特别精巧美丽。

田婴把这10副耳环献给齐王，齐王分别赏赐给10位宠妃。几天后，田婴再拜谒齐王时，发现齐王的爱妃之中，有一位戴着那副特别美丽的耳环。

毫无疑问，这位戴着美丽耳环的妃子，就是齐王心中新王后的人选。于是他向齐王上书，要求立那位妃子做王后，果然，田婴推荐的那位妃子正合君王心意。

田婴因为博得了齐王和王后的好感，使他屹立权位的漩涡而安然无恙。

助人成功心底快乐

当一个人用工作去迎接光明，光明很快就会来照耀着他。

——冯学峰

当今世界，人才固然可贵，但能够发现人才并且善于使用人才的人更为可贵。如果没有识千里马的伯乐，谁会知道跟前站着的就是奇才呢？在现代化的大生产中，一个企业的成功需要各种各样的专门人才，包括经济学家、统计学家、管理人员、科研人员、法律专家等，只有把这些专门人才的智慧集聚在一起，合众人之力，才能保证企业在激烈的竞争中走向成功。而把如此众多的人才最有效地组织在一起，并且要充分发挥各自的优势，的确不是一件容易的事。

皮埃尔·杜邦慧眼识珠，非常明智地将约翰·拉斯科布引进杜邦的人才宝库，并且给他提供充分发挥才能的机会，使他心甘情愿地一直追随着皮埃尔，为杜邦公司的发展立下了汗马功劳。

拉斯科布来自法兰西，长得矮矮胖胖，看上去很普通。一次偶然的机会，皮埃尔·杜邦结识了他，通过交谈，发现他头脑清楚，思维敏捷，分析问题有条有理，而且能说会道，很适合做公关工作，于是皮埃尔请拉斯科布担任自己的私人秘书。当拉斯科布显示出处理财政问题的才能时，皮埃尔马上用其所长，提升他为得克萨斯州有轨电车轨道公司的财物主管，不久又将之晋升为杜邦公司的财物主管。

当杜邦公司买下通用公司后，拉斯科布随着皮埃尔从杜邦公司来到通用汽车公司，在董事会执行委员会工作，并任该公司的财物委员会主席。这一职务为他进一步施展才华提供了广阔的舞台，从而使他成为美国证券市场上引人注目的人物。拉斯科布协助皮埃尔创建了杜邦证券经营公司、通用汽车承兑公司，为杜邦染指金融界，进一步向金融寡头发展立下了汗马功劳。

后来他还担任皮埃尔的银行家信托公司、克蒂斯航空公司以及密苏里太平洋铁路公司的董事。1928 年，《美国评论之评论》杂志将拉斯科布称为“杜邦公司的金融天才”，又称其为“华尔街的奇才”。就是这位奇才，1928 年出任艾尔·史密斯竞选活动的主持人，并且担任了民主党全国主席，被称为“民主党的救星”，在整个美国的社会活动中发挥了重要的作用。

如果没有当初皮埃尔·杜邦这样善于发现人才、善于使用人才的“伯乐”，拉斯科布恐怕难以有如此大的成就。

爱的链条

人人好公，则天下太平；人人营私，则天下大乱。

——刘鹗

那一天傍晚，他驾车回家。在这个美国中西部的小社区里，要找一份工作是那样的难，但他一直没有放弃。冬天迫近，寒冷终于撞击家门了。

一路上冷冷清清。除非离开这里，一般人们不走这条路。他的朋友们大多已经远走他乡，他们要养家糊口，要实现自己的梦想。然而，他留下来了。这儿毕竟是他父母长眠的地方，他生于斯，长于斯，熟悉这儿的一草一木。

天开始黑下来，还飘了小雪，他得抓紧时间赶路。

他差点错过那个车子抛锚的老太太。他看出老太太需要帮助，于是将车开到老太太的奔驰车前。

虽然他面带笑，但她还是有些担心。一个多小时了，也没有人停下来帮她。他会伤害她吗？他看上去穷困潦倒，饥肠辘辘，不那么让人放心。看到老太太有些害怕，站在寒风中一动不动，他知道她是怎么想的，“我是来帮助你的，老妈妈，你为什么不到车里暖和暖和呢？顺便告诉你，我叫乔。”他说。

她遇到的麻烦不过是车胎瘪了，乔爬到车下面，找了个地方安上千斤顶，帮助她换车胎。结果，他弄得浑身脏兮兮的，还伤了手。当他拧紧最后一个螺母时，她摇下车窗，开始和他聊天。她说，她从圣路易斯来，只是路过这儿，对他的帮助感激不尽。乔只是笑了笑，帮她关上后备箱。

她问该付他多少钱，出多少钱她都愿意。乔却没有想到钱，这对他来说只是帮助需要帮助的人，上帝知道过去在他需要帮助时有多少人曾经帮助过他呀。他说，如果她真想答谢他，就请她下次遇到需要帮助的人，也给予帮助，并且“想起我”。

他看着老太太发动汽车上路了。尽管天气寒冷令人抑郁，但他在回家的路上却很高兴。

沿着这条路行了几英里，老太太来到一家小咖啡馆。她想吃点东西，驱驱寒气，再继续赶路回家。

女侍者走过来，递给她一条干净的毛巾。她面带甜甜的微笑，尽管已有很明显的身孕，但服务依然热情而体贴。

老太太吃完饭，拿出100美元付账，女侍者拿着这100美元去找零钱。老太太却悄悄出了门。当女侍者拿着零钱回来时，老太太已经不见了，这时她注意到餐巾上有字。上面写着：“你不欠我什么。有人曾经帮助我，就像我现在帮助你一样。如果你真想回报我，就请不要让爱的链条在你这儿

中断”。

她下班回到家，躺在床上，心里还在想着那钱和老太太写的话，老太太怎么知道她和丈夫那么需要这笔钱呢？孩子快要出生了，生活将会很艰难，她知道丈夫心里是多么焦急。当他躺到她旁边时，她给了他一个温柔的吻，轻声说：“一切都会好的。我爱你，乔。”

寻找钱夹的主人

> 沉沉的黑夜都是白天的前奏。
>
> ——郭小川

在一个寒冷的日子，我在回家的路上偶然发现了一个别人遗失的钱夹。我拾起它并试图找到一些可以联系失主的身份一类的线索。但是皮夹中只有 3 元钱和一封被弄皱的信，这封信看起来已经放在钱夹里很多年了。信封已磨损，只有寄信人的住址还清晰可辨。我打开信，希望找到一些线索。信的落款日期是 1924 年，差不多写于 60 年前。信中的娟秀笔迹出自女性之手，在淡蓝色信笺的左侧角落有一朵小花。这是一封“绝情信”，写给迈克尔的，发信人因她母亲的阻拦再不能见他。即便如此，她写道，她仍会一直爱着他。信末署名是汉娜。

这是一封精美的信，但是除了迈克尔的名字以外，没有其他办法可以确定皮夹的主人。或许询问信息台，话务员可以通过信封上的住址查到电话。话务员建议我和她的负责人说，那位负责人犹豫了一会儿，然后说：“嗯，有那个住址的电话号码，但我不能给你。”她说出于礼貌，她可以打那个电话，说明我的情况后，看接电话的人是否愿意让她再与我联系。

我等候了几分钟，然后那位负责人回到线上：“有一位女士将会同你说话。”我问电话另一端的女士，她是否认识一个叫汉娜的人。她吃惊地说：“哦！我们从一户人家买来这栋房子，他们家的女儿叫汉娜。但那已经是 30

年前的事了！”“你知道那户人家现在可能住在哪里吗？”我追问。“我记得汉娜几年以前将她的母亲送到了一家养老院，”女人说，“如果你和他们联系，他们可能会找到她女儿。”她给了我养老院的名字，我拨通了电话。电话中的女人告诉我老妇人数年前就已经过世，但是养老院确实有个电话号码，老妇人的女儿可能住在那里。我谢过养老院的人并按她给我的号码云了电话。接电话的女人解释说现在汉娜自己也住在一家养老院内。我想我真是太傻了，为什么要费这么大的劲去找一个只有 3 美元和一封信的钱夹的主人，而那封信差不多已有 60 年了？

然而不管怎么样，我还是打电话给汉娜所在的养老院，接电话的男人告诉我：“是的，汉娜是和我们在一起。”当时已经是晚上 10 点了，我问是否可以前去看她，那人犹豫地说：“好吧，你可以试试运气，她可能正在客厅里看电视呢。”

我谢过了他并开车到了养老院。值夜班的护士和一个守卫在门口接待了我。我们上了大楼的三层。在客厅中，护士向汉娜介绍了我。她是一个和蔼的老人，满头银发，面带微笑，神采奕奕。我告诉她拾到钱夹的事并给她看了信。她看见左边有花的淡蓝色信笺的一刻，深深地吸了一口气并说：“年轻人，这封信是我和迈克尔的最后联系。”她把视线转向别处，陷入沉思，然后柔和地说：“我非常爱他，然而我那时只有 16 岁，我母亲觉得我年龄太小了。哦，他是那么英俊，看起来像演员肖思·康纳利一样。”

“是的，”她继续说，“迈克尔·戈尔茨坦是一个非常好的人。如果你能找到他，告诉他我时常想念他，并且……”她犹豫了一会儿，几乎是咬着嘴唇，热泪盈眶，“我一直没有结婚，我想没有人比得上迈克尔……”

我谢过汉娜并跟她道了别，乘电梯下到一楼。当我站到门口时，那门卫问：“老人能帮助你吗？”

我告诉他老太太已经给了我一些线索，“至少我知道了姓氏，但我想暂时放一阵子，因为我已花费了几乎一整天的时间来找这个钱夹的主人。”我取出钱夹，那是个朴实无华的褐色带红边的皮夹。当门卫看到它的时候，他说：“嗨，等一下！那是戈尔茨坦先生的皮夹。无论在何处，只要见到那鲜亮的红边，我就能认出来。他总是丢失那个皮夹，我曾在门厅中至少发现过三次。”

“谁是戈尔茨坦先生？”我问，手开始颤抖。

“他是八楼的一位老人，那肯定是迈克尔·戈尔茨坦的皮夹，他准是在散步时弄丢的。”我向门卫道了谢就很快跑回护士办公室，告诉她门卫说的话。我们乘电梯去楼上，我祈祷戈尔茨坦先生还没睡。

到了八楼，楼层护士说：“我想他在客厅里，他喜欢晚上看书，他是一个可爱的老人。”我们走进唯一亮灯的房间，一位老人正在看书。护士走过去问他是否遗失了钱夹。戈尔茨坦先生惊奇地抬起头，手摸向他背后的口袋：“哦，它是不见了！”

“这位好心的先生拾到了一个钱夹，我们想它可能是你的。”我将钱夹递给了戈尔茨坦先生，他看见钱夹时，松了一口气，笑了，并说：“是的，就是它！一定是今天下午从我的口袋里掉出来的。我要酬谢你。”

“不，谢谢您，”我说，“我必须告诉您一件事，为了找到钱夹的主人，我看了里面的信。”他脸上的微笑突然消失：“你看了那封信？”

“我不仅看了信，还知道汉娜在哪里。”

他的脸色突然变得苍白：“汉娜？你知道她在哪儿？她还好吗？她还是那么漂亮吗？请快告诉我。”他请求说。“她很好……就和你当初认识她时一样漂亮。”我柔和地说。

老人露出期待的微笑，问“你可以告诉我她在哪儿吗？我想明天打电话给她。”他抓着我的手继续说，“你知道吗，先生？我是那么地爱着那个女孩，以至于收到那封信时，我的生命就结束了，我一直未娶，因为我始终爱着她。”

“迈克尔，”我说，“跟我来。”我们乘电梯到三楼，走廊里很昏暗，只有一两个小夜灯照着我们直到客厅，汉娜正独自坐在那儿看电视。

护士走到她跟前。迈克尔和我等候在门口，护士指着迈克尔轻声地说：“汉娜，你认识这个男人吗？”她扶了扶眼镜，看了一会儿，但沉默不语。

迈克尔轻轻地，几乎是在耳语：“汉娜，我是迈克尔。你还记得我吗？”她一下激动起来：“迈克尔！我不敢相信！迈克尔！是你！我的迈克尔！”他慢慢走向她，两人拥抱在一起。护士和我泪流满面地走开了。

“看，”我说，“上帝的安排！如果事情注定要这样，那就一定会这样。”

大约三个星期后，我在办公室接到养老院打来的电话：“你能在星期日抽空参加一个婚礼吗？迈克尔和汉娜要喜结良缘了！”

婚礼办得很热闹，养老院的所有人都盛装打扮前来庆祝。汉娜穿着一件浅米色连衣裙，看起来很漂亮。迈克尔穿着深蓝色的西装，站得笔直。他们让我做男傧相。养老院给了他们俩自己的房间。76 岁的新娘和 79 岁的新郎就像两个十几岁的年轻人一样，一份持续了 60 年的爱终于有了完美的结局。

乐于助人的叶圣陶

> 辛勤的蜜蜂永没有时间悲哀。
>
> ——布莱克

我国现代文坛上群星璀璨，茅盾、巴金、丁玲等等一系列的新文学的明星，妇孺皆知。然而，他们是怎样被扶上文学这个楼梯的呢？今天，当叶圣陶这颗巨星陨落之后，知道他是一个著名的作家、教育家、出版家的人众多，而知晓他是一个伟大的“伯乐”的人恐怕就很少了。叶老把毕生的精力都贡献给了我国的文学和教育事业，他这种甘为人梯的献身精神，名垂青史，光照后人。

叶圣陶是 1923 年进入上海商务印书馆担任编辑的。1928 年前后，他负责编《小说月报》，该刊当时规定，文章登出之后才支付稿费。那时，作为共产党员的冯雪峰，和叶老关系很好，经常去看望叶圣陶，也给《小说月报》投稿，冯雪峰和钱杏邨（阿英）等人都是交了稿就领稿费，甚至有些稿件领过稿费后，也不见得能刊用。

对于这一点，语言学家王力先生则感受更深。王力 1932 年在法国获得文学博士学位后回到清华大学执教，他那时多次对人说：“我在法国上大学的学费都是叶老给的。”王力在巴黎留学时，穷得连学费都交不起。一位在巴黎的中国教授就建议他翻译一些法国文学作品寄回国内，也好换些稿酬解决一点困难。王力于是就先把一些译稿寄到国内的一些小出版社，但想不到的是，稿件都被退了回来。王力索性把稿件寄给商务印书馆，竟然都投中了，他很快就得到了稿费。就这样不断寄译作，不断有稿酬。有时在不得法时，就先索取稿费，竟也能够满足。连王力也解不开其中的谜。其实就是叶老在默默地扶持王力，使王力在法国渡过不少的难关。这对文坛挚友直到1950年才首次谋面。王力在晚年还根据叶老的建议，将他的音韵学通俗化，写成了《音韵学初探》一书，并在扉页上题道："献给叶圣陶先生。"

大革命失败以后，沈雁冰（茅盾）隐藏在上海景云里19号半的三楼上，在没办法生活的情况下，只好重新拿起笔来，卖文为生。就这样，他写出了反映大革命失败前后形形色色青年思想、生活和斗争的第一部小说《幻灭》。茅盾在《创作生涯的开始》一文中回忆道："我把《幻灭》的前半部原稿交给了圣陶后，第二天他就来找我了，说，写得好，《小说月报》正缺这样的稿件，就准备登在9月份的杂志上，今天就发稿。我吃惊道，小说还没有写完呢？他说不妨事，9月号登一半，10月号再登后一半，又解释道，9月号再有10天就要出版，等你写完是来不及的。我只好同意。他又说，这笔名'矛盾'一看就知道是假名，如果国民党方面有人来查问原作者，我们就为难了，不如'矛'上加上草头，'茅'姓甚多，不会引起注意，我也同意了。这样就用了茅盾这笔名。"叶圣陶就是这样帮助了处于困难中的沈雁冰，更重要的是，使作为文学评论家的沈雁冰成了大作家茅盾。

作家巴金的成名也得益于叶圣陶的发现和提携。1927年初，巴金去巴黎。1928年8月，巴金在巴黎写完他的第一个中篇小说《灭亡》，抄在五个硬皮练习本上，寄给他在开明书店工作的朋友索非，准备自费出版。但索非却把书稿转交给了当时影响最大的著名文学杂志《小说月报》。编者叶圣陶看过后，认为作者很有才华，决定在1929年1月~4月号连载发表。这使24岁的巴金犹如一颗新星在中国文坛升起，一举成名。

叶老把奖掖后进，为青年作家开路，作为自己的终身事业。他在编辑工作上，严格执行亲自阅稿、择优采用的原则。不论谁来的稿，都亲自过目。碰到好作品后，不管是否无名之辈所写，都要刊在头条。这样，使一些无名作者成了著名作家。丁玲就是其中一人。叶圣陶代郑振铎主编《小说月报》时，从来稿中发现了丁玲的第一篇小说《梦珂》，觉得写得好，就以头条位置发表。丁玲的第二篇小说《莎菲女士日记》、第三篇《暑假中》、第四篇《阿毛姑娘》都是在头条发表的，这极大地鼓励了丁玲。接着，他又给丁玲写信，说可以出一本集子了，又帮助她去开明书店交涉，使丁玲的第一个短篇集《在黑暗中》得以出版。叶老还在生活上尽量给丁玲以关怀。有一次，他和王伯祥等人去海宁看钱塘潮时，还邀请丁玲和胡也频同去。半个世纪过去后，经历了浩劫，大难不死的丁玲于1979年5月16日来到北京，立即去拜访叶老。丁玲的来访使叶老非常高兴，写了一首《六幺令》词赠给丁玲："启关狂喜，难记何年别。相看旧时容态，执手无言说。塞北山西久旅，所患惟消渴。不须愁绝。兔毫在握，赓续前书尚心热。回思时越半纪，一语弥深切。那日文字因缘，决定今生辙。更忆钱塘午夜，共赏潮头雪。景云投辖。当时儿女，今亦颠见华发。"是年叶老的大儿子叶至善也已61岁了。叶至善随即写了《<六幺令>书后》一文，记述了这件事和叶老、丁玲之间"文字因缘"的经过。刊于同年6月6日的《人民日报》上。

叶圣陶后来在编辑《中学生》时期，又发现和培养了不少青年作家。如胡绳和吴全衡夫妇、徐盈和彭子冈夫妇等都是在这期间被叶老扶持起来的，并成为后来的一代名流。

雷锋最大的快乐

> 生活的理想，就是为了理想的生活。
>
> ——张闻天

雷锋从来不满足于完成自己的本职工作，总是想办法多做工作。他当俱乐部的学习委员，热心帮助大家阅读，买书、借书给大家看，用开饭时间给大家读报，宣传党的政策和国内外大事；文化学习时，他主动担任兼

职教员，在业余时间备课，批改作业；连队开展文娱活动，他教大家唱歌。对雷锋来说，只要是对社会、对人民、对同志有利的事，他都热情地去做。战士乔安山的母亲病了，请假回家探亲，他从银行里取出自己的存款，还买了一包饼干，一齐交给乔安山，并送他到火车站。乔安山的全家都非常感动。一个星期天，轮到他休息，他自己的事一点没做，却给班里的战友洗了五床褥单，帮一个战士补了一床被子，帮炊事班洗了六百斤大白菜，还打扫了室内的卫生。一次他去火车站帮忙，正好一列火车进站，他看见一位老太太包袱重，走得慢，急忙跑过去，接过老太太的包袱扶她上了车，找了座位。车开走了，他又到候车室扫地，给旅客送水。有一天，他出差到沈阳换车，看到一位从山东去吉林探亲的中年妇女，把车票和钱丢了，心里很急，他二话没说，掏出钱给她买了车票，并送上了车。当这位妇女问他的名字和住址时，他说："我叫解放军，就住在中国。"有一次，他去沈阳出差，在去车站的路上，看见一位赶火车的妇女身上背着孩子，手里还拉着一个小女孩，在大雨中艰难地走着。他急忙赶上去，脱下自己的雨衣，披在那位妇女身上，又背起小女孩，陪同她们母子上了火车。上车后，他看到小女孩冷得打战，又把自己的绒衣脱下来，给小女孩穿上。到沈阳后，雷锋同志又把她们母子三人送到家里。

雷锋还十分关心少年儿童的成长，在担任驻地附近小学少先队辅导员时，经常利用节日、假日和休息时间，给孩子们讲自己悲惨的童年和革命故事，教育孩子们从小树立为人民服务的思想，做共产主义事业的接班人。

雷锋同志说："自己辛苦点，多帮助人民做点好事，这就是我最大的快乐和幸福。"他没有做出什么惊天动地的伟业，所做的都是一件件平凡的事情。但就在这些平凡的事情中，却表现了他那高贵的革命精神和共产主义品德。党组织及时表扬他，给了他应得的荣誉。他入伍不到三年，荣立二等功一次，三等功两次，被评为节约标兵，荣获模范共青团员称号，出席过沈阳部队共青团代表会议，当选为抚顺市人民代表。但他始终谦虚谨慎。他在给一位同志的信中说："我的一切都是党给的，光荣应归于党，归于热情帮助我的同志们。至于我个人所做的工作，那是太少太少了。我这么一点点贡献，比起党对我的要求和期望还是很不够的……"

让人才重新回到岗位

大鹏一日同风起，扶摇直上九万里。

——李白

一位原来在公司担任部门领导职务的有才干的年轻人小李，忽然辞职走了。张总经理得知他是被聘到一家酒店做经理去了，于是张总经理亲自找到了那家酒店。原先的老板主动来喝酒，这使那位刚辞职的小李深感意外。但他想躲开已经来不及了，只好笑脸相迎，请张总喝酒，他在一旁陪着。

两个细饮慢说，张总笑容可掬，情绪不错。他与这位过去的手下拉扯起一些一起创业过关斩将的往事，讲得眉飞色舞。随后，才谈到小李的近况，他兴致勃勃地问："很好吧？是不是干得很顺手？"小李当然要把其现状好好描绘一番：很受老板的赏识，当上经理以后，手下协作也不错，初步估算，在年内可以赢利五十万元。一边说一边觉得很畅快。张总淡然一笑，说："四五十万吗？我认为太少了。"

"就这么个小小的酒店，一年赚这么多已经很不错了……"小李小声地辩解道。

张总一本正经地说："照我看，你的才能一年应该赚几百万，你太不自信了，在这个小地方藏不下你这条蛟龙，所以我看你在这儿是大材小用啊！还是回去跟我干，怎么样？"

小李感到非常意外："张总，你不是开玩笑吧？我刚出来，你还要我回去……"张总慢悠悠地说："我想问题和做事情向来都是认真的。"小李为难地苦笑："我连公司的房子都退了，回去还有位置么？"

张总道："你错了，我们公司的一贯做法是人走了房子留给他，你在小酒店里太屈才，所以留下这句话：你愿不愿来，我都等着你。"

小李果然返回公司，一年后，经过东拼西杀，为公司获利几百万。

聪明的画师

毫无理想而又优柔寡断是一种可悲的心理。

——培根

有一个国王长得身强体壮，遗憾的是，他的一只眼睛是瞎的，而且走起路来还有些跛脚。正因为自身有缺陷，所以他的脾气特别古怪。

一天，他忽然心血来潮，召集了三个画师为他画像。

三个画师看到国王以后，都有些为难。试想，国王的这副长相的确很难恭维，该画成什么样的呢？经过一番思考后，几个画师都拿起了画笔。

一个时辰后，国王命人把画呈了上来。

第一个画师画的完全是国王真实的样子，一只眼睛是瞎的，一条腿长一条腿短。国王看后非常生气，满脸愤怒地说："我长得有这么难看吗？我看你是有意与我过不去，恃才傲物，连国王都不放在眼里。"于是，第一个画师被推出去斩首。

第二个画师看到第一个画师的下场后，不禁露出了笑容。因为他笔下的国王是英俊魁梧，潇洒风流，心想自己肯定能得到国王的赏识。然而，结果并不如他所料，国王看过第二个画师的画依然非常生气。他说："你这个曲意逢迎、溜须拍马的家伙。"就这样。第二个画师也被斩首了。

国王生气地展开第三个画卷，不过他的脸上立刻堆满了笑容，并立刻赏了画师一袋金子。原来，第三个画师画的是正在打猎中的国王，只见他那条瘸腿跪在地上，一只手放在上面托着枪，一只眼睛紧闭着，正在做着瞄准的姿势。

因种西瓜交上朋友

> 无私是稀有的道德，因为从它身上是无利可图的。
>
> ——布莱希特

战国时期，梁国与楚国交界，两国在边境上各设界亭，亭卒们也都在各自的地界里种了西瓜。梁亭的亭卒勤劳，锄草浇水，瓜秧长势极好，而楚亭的亭卒懒惰，对瓜事很少过问，瓜秧又瘦又弱，与对面瓜田的长势简直不能相比。楚人死要面子，在一个无月之夜，偷跑过去把梁亭的瓜秧全给扯断了。

梁亭的人第二天发现后，气愤难平，报告报县令宋就，说我们也过去把他们的瓜秧扯断好了。宋就听了以后，对梁亭的人说："楚亭的人这样做当然是很卑鄙的，可是，我们明明不愿他们扯断我们的瓜秧，那么为什么再反过去扯断人家的瓜秧？别人不对，我们再跟着学，那就太狭隘了。你们听我的话，从今天起，每天晚上去给他们的瓜秧浇水，让他们的瓜秧长得好，而且，你们这样做，一定不可以让他们知道。梁亭的人听了宋就的话后觉得有道理，于是就照办了。

楚亭的人发现自己的瓜秧长势一天好似一天，仔细观察，发现每天早上地都被人浇过了，而且是梁亭的人在黑夜里悄悄为他们浇的。

楚国的边县县令听到亭卒们的报告后，感到非常惭愧又非常敬佩，于是把这事报告给了楚王。楚王听说后，也感于梁国人修睦边邻的诚心，特备重礼送梁王，既以示自责，也以示酬谢，结果这一对敌国成了友邻。

女王的反省

> 三军可夺帅也，匹夫不可夺志也。
>
> ——孔丘

英国著名的维多利亚女王与其丈夫相亲相爱，感情和谐。但是维多利亚女王乃是一国之王，成天忙于公务，出入于社交场合，而她的丈夫阿尔伯特却和她相反，对政治不太关心，对社交活动也没有多大的兴趣，因此两人有时也闹些别扭。

有一天，维多利亚女王去参加社交活动，而阿尔伯特却没有去。已是夜深了，女王才回到寝宫，只见房门紧闭着。

女王走上前去敲门，房内的阿尔伯特问："谁?"女王回答："我是女王。"

门没有开，女王再次敲门。房内阿尔伯特问："谁呀?"女王回答："维多利亚。"门还是没开。

女王徘徊了半晌，又上前敲门。房内的阿尔伯特仍然问："谁呀?"女王温柔地回答："你的妻子。"这时，门开了，丈夫阿尔伯特伸出热情的双手把女王拉了进去。

作为女王的丈夫阿尔伯特，一开始就知道敲门的人是自己的妻子，他的两次发问实是明知故问。为什么维多利亚前两次敲门都遭到了拒绝，叫不开门，而最后一次丈夫开了门并热情有加呢?这是由于女王的心理状态没有随着交际的环境、对象的变化而加以调整，她的语言和她在此时所扮演的角色发生了严重的冲突而造成的失误。

第一次女王上前敲门回答说"我是女王"，她这种自称是在维护自己的尊严，这样的态度应该在宫殿上运用才适合，这表明交际双方的关系是君臣关系。而现在是在寝宫之中，面对的是丈夫，所以她这样回答显得态度高傲、咄咄逼人，没有满足作为丈夫的阿尔伯特的自尊心理，因而没有叫开门。

第二次敲门女王的回答是“维多利亚”，应该承认第二次回答比第一次回答语调有所变化，但是“维多利亚”这个自称在这里是中性的，似乎只是一个冷冰冰的代号，没有显现出作为妻子角色的感情色彩，因而效果也不好，唤不起丈夫的亲切之感，故而也没叫开门。

第三次敲门女王回答说“我是你的妻子”，体现了作为“妻子”的角色意识，传达出妻子特有的温柔和浓烈的感情色彩，她的心态适应了具体的场合和对象，把交际双方的角色做了明显的定位，极大地满足了阿尔伯特的自尊心理，于是将先前失误的不愉快一扫而光，效果极佳，不仅敲开了房门，也敲开了阿尔伯特的心扉。

对商人的帮助

> 志不强者智不达。
>
> ——墨翟

在古代西班牙的某城有一个人，他以卖“忠告”为职业。有一天，一个商人知道后，就专程到他那里去买“忠告”。那个人问商人，要什么价格的忠告，因为忠告的不同是按价格而定的。商人说：“就买一个一元钱的忠告吧。”那个人收起钱，说道：“朋友，如果有人宴请你，你又不知道有几道菜，那么，第一道菜一上，你就吃个饱。”

商人觉得这个忠告不怎么样，于是又付了两倍的钱，说要一个价值2元钱的忠告。

“当你生气的时候，事情没有考虑成熟，就不要蛮干；不了解事实的真相，千万不要动怒。”

像上一次一样，商人觉得这个忠告不值那么多钱。于是又要一个值一百元的忠告。

那人对他说：“如果你要想坐下，一定得找个谁也撵不走你的地方。”

商人还是觉得这个忠告不理想，又要一个价值110元的忠告。

那位好人就对他说：“当人家没有征求你的意见时，你千万不要发表议论。”

商人感到，这样下去会弄得身无分文。于是决定不买任何忠告了。他把已买来的这些忠告一一铭刻在心，就走了。

有一次，商人让怀孕的妻子留在家中，自己到外地经商去了。一连20年都没有回家乡。妻子一直没有得到丈夫的消息，以为他亡命他乡了，感到万分悲痛。她在儿子身上倾注了自己全部的爱。

终于有一天，已经发了财的商人，拍卖了他的全部商品，回家来了。他没有对任何人吭一声，就直接来到自己的家并闪身躲进一个难以被人察觉的地方，窥视着屋里的动静。

黄昏时候，儿子回来了，妈妈亲切地问道：“亲爱的，告诉我，你从哪儿回来的？”

商人听到自己的妻子这么亲切地对那个年轻人说话，不由心里产生了一种恶念，恨不得当场杀了他俩。但是突然想起那个用2元钱买来的忠告，没有动火。

天黑了，屋里两人在桌旁坐下用餐。商人看到这一情景，又想杀他们。但那个忠告又在耳边响起，使他克制了自己。

熄灯前，母亲哭泣着对儿子说：“唉！儿呀。听说，有一条船刚刚从你爸爸的地方来。明儿一早，你就去打听一下，或许还能打听到他的消息。”

听到这番话，商人不由想起，他离家的时候，妻子已经怀孕了，原来那个年轻人，就是他的儿子。他高兴得不知怎么才好，更觉得买的忠告实在是有用，因为有了它，他才没有被怒火所激干出蠢事。

最成功的教育

过去属于死神，未来属于你自己。

——雪莱

一位老师用当时最先进的教学方法来教学生，但效果并不如预期所料……

一天，他带着7个学生外出实习，路过街头的时候，看见一个冻得瑟瑟发抖的孩子在乞讨。

“你要钱干什么？”他问。

“买衣服。”

“是你自己穿吗？”他想问个究竟。

“给奶奶穿，她快冻死了，还没有一件过冬的衣服。”

“还差多少钱？”

“15英镑。”

教师二话没说，掏出身上的钱塞在孩子手里：“孩子，天冷，快回家吧。”

第二天，孩子和他穿着棉衣的奶奶出现在教室门口。

20年后，这7个学生成了老师一生的骄傲：有一个白手起家成为金融巨头，有一个成了最有名的医生……

学生们说：“那次，老师给小孩钱时，连口袋都掏出来了，第二天，小孩的奶奶就出现在教室门口，在那一瞬间，我们都明白了一个道理：倾尽所能，就能成功。”

送人宝石的力量

> 如烟往事俱忘却，心底无私天地宽。
>
> ——陶铸

古时候，有一位四处云游的隐士信步走在山路上，看见路旁草丛中发出闪烁不定的光芒。他走近一看，是一块鹅蛋大小的宝石。隐士看着有趣，顺手将宝石捡了起来，放在自己的行囊中，继续他的旅程。几天之后，隐士在森林中迎面遇上一个疲惫的旅人，隐士看那人风尘仆仆，脚步蹒跚，便好心地打开行囊，拿出一些干粮来分给他吃。

旅人眼睛余光一瞥，望见隐士行囊中的那颗宝石。在吃完干粮之后，他便开口要求隐士，是否能将那块宝石借给他看一看。

隐士毫不迟疑地从行囊中掏出宝石，微笑道："不要说看一看，就是送给你也没问题啊！"

旅人大喜过望，连忙伸手接过宝石，道谢之后，便和隐士分道扬镳，继续赶路。旅人边走边想着，有了这一块价值连城的宝石，自己的下半辈子就再也不用发愁了，脸上不由露出了心满意足的笑容。

过了几个小时之后，隐士听到身后远处有人不停地叫唤，他停下脚步，原来是刚才的那个旅人。隐士摊了摊手，笑道："如果你还要宝石，我可是没有了！"

旅人气喘吁吁地赶到隐士面前，将那块宝石还给了他，说道："大师，我可不可以斗胆地再向您要求一些更宝贵的东西？是什么样的力量驱使你愿意将这块价值连城的宝石送给我？我想要的是你的那种力量，能不能送给我？"

帮人发掘自身的潜力

先相信你自己，然后别人才会相信你。

——屠格涅夫

有句经典的格言是这么说的：人必先自助，然而天助之。此话讲的是要想成就自己的事业，必须学会自己帮助自己。

1947年，美孚石油公司董事长贝里奇到开普敦巡视工作。在卫生间里，他看到一位黑人小伙正跪在地板上擦上面的水渍，并且每擦一下，都虔诚地叩一下头。贝里奇感到很奇怪，问他为何如此？黑人答，在感谢一位圣人。

贝里奇问他为何要感谢那位圣人？黑人说，是他帮着找到了这份工作，让他终于有了饭吃。

贝里奇笑了说，我曾遇到一位圣人，他使我成了美孚石油公事的董事长，你愿见他一下吗？黑人说，我是位孤儿，从小靠锡克教会养大，我很想报答养育过我的人，这位圣人若使我吃饱之后，还有余钱，我愿去拜访他。

贝里奇说，你一定知道，南非有一座很有名的山，叫大温特胡克山。据我所知，那上面住着一位圣人，能为人指点迷津，凡是能遇到他的人都会前程似锦。20年前，我来南非登上过那座山，正巧遇到他，并得到他的指点。假如你愿意去拜访我可以向你的经理说情，准你一个月的假。这位年轻的黑人谢过贝里奇就上路了。30天的时间里，他一路披荆斩棘，风餐露宿，历尽艰辛，终于登上了白雪覆盖的大温特胡克山，他在山顶徘徊了一天，除了自己，什么都没有遇到。

黑人小伙很失望地回来了，他见到贝里奇后，说的第一句话是："董事长先生，一路我处处留意，直至山顶，我发现，除了我之外，根本没有什么圣人。”贝里奇：“你说得很对，除你之外，根本没有什么圣人。”

20年后，这位黑人小伙做了美孚公司开普敦分公司的总经理，他的名字叫贾姆讷。2000年，世界经济论坛大会在上海召开，他作为美孚石油公司的代表参加了大会，在一次记者招待会上，针对他的传奇一生，他说了这么一句话：您发现自己的那一天，那就是您遇到圣人的时候。而这个圣人，就是您自己。

失而复得的戒指

> 人的理性粉碎了迷信，而人的感情也将摧毁利己主义。
>
> ——海涅

盛夏的一天，天热得出奇，他正坐在空调前躲着酷暑，一个乞丐敲响了他家的房门。

恹恹的他实在懒得动，就随手拿起厨房里的一只米口袋，说：“还有几斤米，连米袋子一起，拿去吧!”乞丐挺感激，挺虔诚地接过米袋子走了。当时的他一点也不知道，就是在这只米袋子里，恰好有妻子的一枚金戒指——那是她头天淘米时掉进水池，顺手捡起来暂放在米袋子里的!

一枚上千元的戒指，就这么完了！他叹着气，挺无奈地听着妻子的数落——他成了天底下最不幸的丈夫，而那位乞丐却成了天底下最幸运的乞丐!

可是他做梦也没想到，第二天，顶着火辣辣的大太阳，那乞丐又敲响了他的房门：天！他把戒指送回来了!

他一把握住了乞丐的手，鼻子里酸酸的，乞丐却什么也没有说，笑笑，走了!

尊重也是助人

> 君子喻于义，小人喻于利。
>
> ——孔丘

约翰和一位同事去曼哈顿出差，由于在那天早上的第一个约会前有一点时间，他们可以从容地吃顿早饭。点完菜之后，他的同事出去买份报纸。过了 5 分钟，他空手回来了。他摇摇脑袋，含糊不清地小声骂街。

“怎么啦?”约翰问。

他答道：“我走到对面那个报亭，拿了一份报纸，递给那家伙一张 10 美元的票子。他不是找钱，而是从我腋下抽走了报纸。我正在纳闷，他开始教训我了，说他的生意绝不是在这个高峰时间给人换零钱的。难道我不该给他报纸钱，难道我应该佯装忘了付钱，然后快速地逃离那里，任由他在后面声嘶力竭地叫喊?”

他们一边吃饭，一边讨论这一插曲，他的同事认为这里的人傲慢无理，都是“品质恶劣的家伙”。他以后再不让任何人给找 10 美元的票子了。饭后，他接受了这一挑战，让他的同事在饭店门口看着他，他横过马路去。

当报亭主人转向约翰时，约翰和顺地说：“先生，对不起，我不知道你能不能帮个忙。我是个外地人，需要一份《纽约时报》。可是我只有一张 10 美元的票子，我该怎么办?”他毫不犹豫地把一份报纸递给约翰道：“嗨，拿去吧，找开钱再来!”

约翰兴高采烈拿了“胜利品”凯旋。约翰的同伴摇摇脑袋，随后他把这件事称为“54 街上的奇迹”。

约翰顺口道：“其实很简单，没什么大惊小怪的，我只是言语谦恭了一些，给他的尊重多了一些，仅此而已。”

成就别人的美好回忆

一个没有受到献身的热情所鼓舞的人，永远不会做出什么伟大的事情来。

——车尔尼雪夫斯基

在一个大都市的郊区，有一个美丽的果园，每到水果盛产的季节，果园中各式各样的水果高悬在树上，五颜六色地争奇斗艳。对住在附近的许多小孩有着难以抗拒的强烈吸引力。

小朋友们喜欢趁着果园主人不注意的时候，三五成群地结伴壮胆，偷偷溜进果园里摘树上的水果。

而果园主人总是躲在果园的角落，当小朋友们正在庆幸偷采水果的冒险行动成功之际，突然冒出身子来，大吼一声，吓得那些小朋友连忙抱着手中的战利品，转身拔腿就跑。

果园主人并不就此罢休，他也会跟着追上去，非得要把那些小朋友追过几条街，搞得自己上气不接下气的，才肯放弃这种追逐，缓步走回自己的果园。

果园主人的一位朋友见到这样的闹剧几乎天天上演，觉得看不过去，便劝他道："唉！小朋友偷摘几个水果，对你应该不会造成什么损失，更何况你的年纪也不小了，再这样跑下去，当心自己的身体承受不了，万一有个闪失，岂不是更划不来？我劝你还是不要再追他们了。"

果园主人听了之后，笑着对朋友道："老兄，你是不是年纪真的大到忘了自己的童年生活啦？还记得咱们孩提的时候不是也这样子到处去偷摘人家的水果来吃？同样的，也被那些大人拼命追赶啊！你想一想，那些偷摘来的水果滋味怎么样。还记得吗？"

朋友想了想，回答道："嗯，那些甜美的水果，真是我一生中最好的回忆！

果园主人点头道："对！这正是我忙着追那些小朋友的原因。"

让人高兴地搬迁

贫不足羞，可羞是贫而无志。

——吕坤

明代海虞人严养斋准备在城里盖一座大宅子。地基已经测量好了，唯独有一间民房正好建在地基之内，这样使得整个建筑达不到预期的效果。房主是卖酒和豆腐的，房子是他的祖辈传下来的基业，他们不愿意搬走。工地的负责人想高价买下他们的房子，但是这家人坚决不同意。

负责人便很生气地报告给了严养斋，严养斋平静地说："没关系，可以先营建其他三面嘛！"

就这样，工程破土动工了，严养斋下令工地的人每天所需的酒和豆腐都到那户人家去购买，言语要和气，不可因一点儿小矛盾而失礼，并且先付给他们订钱。那家夫妻因店小而工地上的人所需的酒和豆腐数量又很大，人手一时忙不过来，供给不上，就又招募工人来帮忙。

不久，招募的工人越来越多，他们所获得的利润也越来越丰厚，所贮存的粮食大豆都堆积在家里，酿酒的缸及各种器具都增加了好几倍，小屋子里实在是装不下了。再加上他们感激严相公的恩德，自愧当初抗拒不搬的行为，于是，就主动地把房契送给严养斋，表示愿意让出房来并送给严养斋一坛亲手酿制的好酒。

严养斋就用附近一处更宽绰一点的住房和他们调换，这家人非常高兴，没过几天就搬走了。

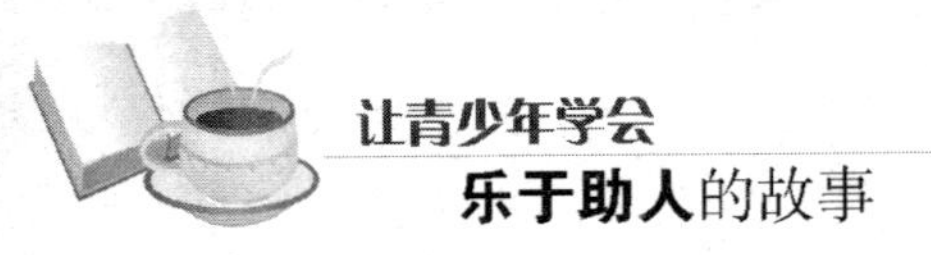

简雍智救百姓

> 壮心未与年俱老，死去犹能作鬼雄。
>
> ——陆游

三国时代，刘备在四川当皇帝，碰上天旱——夏天长久不下雨，为了求雨，乃下令不准私人家里酿酒，就如现在政府命令，不准屠宰相类同。因为酿酒，也会浪费米粮和水，就下令不准酿酒。

命令下达，执行命令的官吏在执法上就发生了偏差，有的在老百姓家中搜出做酒的器具来，也要处罚。老百姓并没有酿酒，而且只搜出以前用过的一些做酒工具，怎么可算是犯法呢？但是执行命令的坏官吏，一得机会，便“乘时而驾”，花样百出，不但可以邀功求赏，而且可以借故向老百姓敲诈、勒索。报上去时只说：“某人家中，搜到酿酒的工具，必须要加以处罚，轻则罚金，重则坐牢。”虽然刘备的命令，并没有说搜到酿酒的工具要处罚，可是天高皇帝远，老百姓有苦无处诉，弄得民怨处处，可能会酝酿出乱子来。

简雍是刘备的妻舅。有一天，简雍与刘备两郎舅一起出游，顺便视察，两人同坐在一辆车子上，正向前走，简雍一眼看到前面有个男人与一个女人在一起走路，他见机会来了，就对刘备说：这两个人，准备奸淫，应该把他俩捉起来，按奸淫罪法办。”

刘备说：“你怎么知道他们两人欲行奸淫？又没有证据，怎可乱办呢！”

简雍说：“他们两人身上，都有奸淫的工具啊！”刘备听了哈哈大笑说：“我懂了，快把那些有酿酒器具的人放了吧。”

主管的支持

> 古之立大事者，不惟有超世之才，亦必有坚忍不拔之志。
>
> ——苏轼

格里·克洛纳里斯是美国北卡罗来纳州夏洛特的一个货物经纪人。他在给西尔公司做采购员时，发现自己犯下了一个很大的错误。有一条对零售采购商至关重要的规则是不可以超支账户上的存款数额。如果你的账户上不再有钱，你就不能购进新的商品，直到你重新把账户填满——而这通常要等到下一个采购季节。

那次正常的采购完毕之后，一位日本商贩向格里展示了一款极其漂亮的新式手提包。可这时格里的账户已经告急。他知道他应该在早些时候就备下一笔应急款，好抓住这种叫人始料未及的机会。此时他知道自己只有两种选择：要么放弃这笔交易，而这笔交易对西尔公司来说肯定有利可图；要么向公司主管承认自己所犯的错误，并请求追加拨款。

正当格里坐在办公室里苦思冥想的时候，公司主管碰巧顺路来访。格里当即对他说："我遇到麻烦了，我犯了个大错误。"他接着解释了所发生的一切。尽管主管不是个喜欢大手大脚花钱的人，但他深为格里的坦诚所感动，很快设法给格里拨来了所需款项。

手提包一上市，果然深受顾客欢迎，卖得十分火爆。

真诚的帮助

> 故立志者，为学之心也；为学者，立志之事也。
>
> ——王阳明

李红和张影是同桌。李红的学习成绩在班里名列前茅，而张影却一直成绩不稳定，时好时坏。有一天，老师说："李红，你和张影是同桌，张影这几天作业做得很糟糕，一时好，一时坏，我怀疑她抄别人的作业。你们是同桌，张影很聪明，你帮帮她，好吗？"李红说："好。"

李红和张影家就在一个小区里，但平时却很少来往。受了老师的委托，李红就约张影来自己家做作业。

一个星期很快就过去了。周六上午，李红给张影打电话，张影说家里有事，今天不能来李红家做作业，明天再来。

星期天上午张影没有来，下午也没来，李红担心她家有什么事，正准备打电话时，张影来了。

张影倒也坦率，一来就说昨天和今天一直在上网，又讲了一些网上的热闹给李红听，然后，要李红借作业给她抄一下。张影说得很随意，看来，张影抄作业不是一次两次了。

李红说："抄作业不行，但我可以陪你做作业。"

张影说："都什么时候了，明天还要上学呢。"

李红说："抄作业对你一点好处都没有，长期下去，会害了你的。"

张影说："没关系，就这一次，明天老师就会表扬你帮助得好。"

李红说："我宁可不要老师表扬我，我只想真正帮助你，提高你的学习成绩。"

张影说："你不借我抄算了，我借别人的去。"说完就赌气走了。

从第二天起，张影就不理李红了。李红心里很不是滋味。下午放学后，没见张影来做作业，爸爸很纳闷，李红把这件事告诉了爸爸。爸爸说："你做得对，真正想帮她，就得为她长远打算。别灰心，她会理解你的。你不可以不理她，你要主动帮帮她。”

第二天，班上进行单元测验，张影考得很差，还偷看别人的试卷。老师把她们俩叫到办公室，老师问：“李红，你是怎么帮张影的？”李红立即说：“老师，都是我不好，我光顾自己学习了，没顾得上好好帮张影。但老师请你再给我一次机会，我保证她下次考出好成绩。”张影哭了。

那一阵子，李红每天帮张影补课，一块做作业。张影好像明白了什么，她再也没有要求抄作业。

到期末考试结束的时候，张影说：“谢谢你帮我，使我考得了好成绩。”李红说：“我在帮你的时候，也在不断地复习和巩固，我还得谢你呢。”

樵夫帮欧阳修改文章

> 我们以人们的目的来判断人的活动。目的伟大，活动才可以说是伟大的。
>
> ——契诃夫

欧阳修在滁州当太守时，经常去琅琊山游玩，与琅琊寺的住持和尚智仙谈诗论文，成了至交。智仙在山道旁盖了一座亭子，请欧阳修前去参加落成典礼，欧阳修将该亭命名为“醉翁亭”，并在亭子里写了一篇《醉翁亭记》。

晚上欧阳修回到府衙后，亲自将写好的文章抄写了6份，招呼两个衙役说：“把我这篇文章分别贴到各个城门口去，一个城门贴一份。”

两个衙役接过文章一看，总共是6份，便问道：“滁州只有4个城门，还剩两份贴到哪里去？”

“不是还有小东门和小西门吗？”欧阳修笑着说。“小城门平时是不开的。”衙役说。“那今天就把它们打开好了，让更多的人看到它。”

两个衙役似乎没有领会太守的意思，又问道：“大人写的文章，为什么要贴到城门口去？”

“让过路人帮我改文章呀！”欧阳修整整衣冠，用手拍着两个衙役的肩膀说：“人常说，一人才学浅，众人见识高。大家一定会把我的文章改得更好的，你们快快去贴吧！”

随后，欧阳修又派出6班锣鼓手，分别到各城门口，一边高喊：“滁州太守欧阳修昨日写了篇《醉翁亭记》，现张贴在此，敬请黎民百姓、过往商贾、文武官吏都来修改……”

这样，整个滁州城一下子热闹起来，城里城外的人们都分别赶往六处城门去看太守的文章，边看边议论。有的说：“这篇文章写得真好，文辞优美，意境又好，真是篇不可多得的文章啊！”

有人说：“太守写的文章，还要让老百姓帮他修改，真是古今少有的新鲜事！”

欧阳修坐在府衙内也特别兴奋，不停地派人去看有没有人出面修改文章，一直等到傍晚时分，才有一个打锣的公差领来一位50多岁的老人走进府衙。公差高声禀道：“太守大人，琅琊山李氏老人前来帮您修改文章。”

欧阳修赶紧迎了出去，只见那老人头扎粗纱黄巾，脚穿布袜草鞋，肩上扛了一根挂着绳子的扁担，右手拿着一把斧子，看他那身装束，就知道是个砍柴的樵夫。欧阳修过去拉着老樵夫的手问道：“请问老人家，您今年多大岁数了？”

“不敢，不敢，小人今年59了。”老人忙不迭地说。

“这么说来，您是兄长了。请上坐！”欧阳修边说边让老人坐在太师椅上，然后毕恭毕敬地说：“烦请兄长指教，下官的那篇文章何处需要修改？”

老人放下手中的扁担、斧子，诚恳地说：“大人，不瞒您说，您的文章我听人读了，句句讲的是实情，就是开头太啰嗦了！”

欧阳修听罢，便从头背诵起自己的文章来：“滁州四面皆山也，东有乌龙山，西有大丰山，南有花山，北有白米山，其西南诸峰，林壑优美……”

刚背到这里，老人挥手打断了他，说：“停，大人，毛病就在这里。”

欧阳修顿然醒悟，赶忙说：“您的意思，是不必点出这些山的名字？”

老人笑了笑说：“正是，大人。不知太守上过琅琊山的南天门没有？站在南天门上，什么乌龙山、大丰山、花山、白米山，一转身子就全都看到了，四周都是山！”

欧阳修听了，连声说道：“言之有理！言之有理！滁州四面皆山。”

欧阳修沉思片刻，拿出文稿，把开头改成“环滁皆山也，其西南诸峰……”然后一句句地读给老人听。

老人满意地点点头说：“改得好！改得妙！这回一点也不啰嗦了！”

挣小费的富翁

人，只要有一种信念，有所追求，什么艰苦都能忍受，什么环境也都能适应。

——丁玲

在美国纽约的一个既脏又乱的候车室里，靠门的座位上坐着一个满脸疲惫的老人，背上的尘土及鞋子上的污泥表明他走了很多的路。列车进站，开始检票了，老人不紧不慢地站起来，准备往检票口走。忽然，候车室外走来一个胖太太，她提着一只很大的箱子，显然也要赶这趟列车，可箱子太重，累得她呼呼直喘。胖太太看到了那个老人，冲他大喊：“喂，老头，你给我提一下箱子，我给你小费。”那个老人想都没想，接过箱子就和胖太太朝检票口走去。

他们刚刚检票上车，火车就开动了。胖太太抹了一把汗，庆幸地说：“还真多亏你，不然我非误车不可。”说着，她掏出一美元递给那个老人，老人微笑着接了过来。

这时，列车长走了过来，对那个老人说：“洛克菲勒先生，你好。欢迎你乘坐本次列车。请问我能为你做点什么吗?”“谢谢，不用了，我只是刚刚做了一个为期三天的徒步旅行，现在我要回纽约总部。”老人客气地回答。

“什么？洛克菲勒?”胖太太惊叫起来，“上帝，我竟让著名的石油大王洛克菲勒先生给我提箱子，居然还给了他一美元小费，我这是在干什么啊?”她忙向洛克菲勒道歉，并诚惶诚恐地请洛克菲勒把那一美元小费退给她。

“太太，你不用道歉，你根本没有做错什么。”洛克菲勒微笑着说，“这一美元是我挣的，所以我收下了。”说着，洛克菲勒把那一美元郑重地放在了口袋里。

勿以善小而不为

心中的感激

> 一个人的礼仪，就是一面照出他肖像的一面镜子。
>
> ——歌德

又到了感恩节的前夕，美国芝加哥的一家报纸向一位小学女教师约稿，希望能得到一些家境贫寒的孩子们画的画，画的内容要求：必须是孩子们自己心里想感谢的东西。

根据老师的要求，孩子们高兴地在白纸上画了起来。女教师猜想，这些贫民区的孩子想要感谢的东西其实是很少的，顶多是画些餐桌上的火鸡或冰淇淋之类的东西罢了。当小道格拉斯交上他的画时，女教师竟然大吃一惊。

原来，他画的是一只大手。是谁的手？这个抽象的表现手法使她迷惑不解。孩子们也纷纷猜测。一个说准是上帝的手；另一个说农夫的手，因为农夫喂养了火鸡。女教师走到这个皮肤棕黑、又瘦又小、头发卷曲的小道格拉斯面前，小声地问他："能告诉我你画的是谁的手吗？"

"这是您的手，老师。"道格拉斯小声回答说。

她回想起来了，在放学后，她常常拉着他脏乎乎的小手，送他走一段路程。要知道，他家很穷，父亲常喝酒，母亲体弱多病，没工作，小道格拉斯破旧的衣服总是脏兮兮的。可老师的这只手对小道格拉斯却有着非同寻常的意义，因为除了这位老师，再也没有谁用手拉过他的小手。

带给他人好心情

人不是因为美丽才可爱，而是因为可爱才美丽。

——列夫·托尔斯泰

霍里斯和一位朋友在纽约搭计程车。下车时，朋友对司机说："谢谢，搭你的车十分舒适。"这司机听后愣了一愣，然后说："你是在嘲笑我吗？"

"不，司机先生，我不是在寻你开心，我很佩服你在交通混乱时还能沉住气。"

司机没再说什么，便驾车离开了。

"你为什么会这么说？"霍里斯迷惑不解地问。

"我想让纽约多点人情味，"他回答说。

"靠你一个人的力量怎么能办得到？"

"我只是起个带头作用。我相信一句小小的赞美能让那位司机心情愉快。如果他今天载了20位乘客，那这些乘客会受司机的感染，也会对周围的人和颜悦色。这样算来，我的好意可以间接传达给1000多个人，不错吧？"

"但你怎能寄望计程车司机会照你的想法做呢？"

"我并没有寄望于他，"朋友回答："我知道这种效果是可遇不可求的，所以我习惯多对人和气，多赞美他人，即使一天的成功率只有30%，但仍可连带影响到300人之多。"

"我承认你的这套理论很动听，但又能有几分实际效果呢？"

"就算没由任何效果，可我也毫无损失呀！开口称赞那位司机花不了我几秒钟。如果那人无动于衷，那也无妨，明天我还可以再称赞另一个计程车司机呀！"

"我看你的脑袋有点毛病了。"

“从这就可以看出你越来越冷漠。我曾调查过邮局的员工，他们最感沮丧的除了薪水微薄外，还有就是欠缺别人对他们工作的肯定。”

“但他们的服务真的很差劲呀!”

“那是因为他们觉得没人在意他们的服务品质。我们为何不多给他们一些鼓励呢?”

他们边走边聊，途经一个建筑工地，有5个工人正在一旁吃午餐。朋友停下了脚步：“这栋大楼盖得真好，你们的工作一定很危险、很辛苦吧?”

那群工人带着狐疑的眼光望着霍里斯的朋友。

“工程何时完工?”霍里斯朋友继续问道。

“6个月。”一个工人回应了一声。

“这么出色的成绩，你们一定很引以为荣的。”

离开工地后，朋友对霍里斯说：“这些人也许会因我这一句话而更起劲地工作，这对所有的人何尝不是一件好事情呢?”

“但光靠你一个人有什么用呢?”

“我常告诉自己千万不能泄气，让这个社会更有人情味原本就不是一件简单的事，我能影响一个就一个，影响两个就两个……”

“刚才走过的那位女子姿色平庸，你还对她微笑呢。”霍里斯插嘴说道。

“是呀！我知道，”他回答说，“如果她是个教师，我想今天上她课的人一定如沐春风。”

真诚接待穷顾客

为人粗鲁意味着忘却了自己的尊严。

——车尔尼雪夫斯基

镇上有一家专卖高级点心的铺子。一天，铺子里的伙计接待了一个衣衫褴褛的男人，他来这里是要买一个豆沙包。

铺子里的小伙计尽管已装好了一个豆沙包，但还是在为是否要像对待普通顾客那样递过去而感到犹豫不决。

这时，目睹了这一切的店主对小伙计发话了："等一会儿，让我来做。"

店主亲自把装好的豆沙包递到那个衣衫褴褛的客人手中。在接过钱的同时，老板又深深地鞠了一躬："感谢光临。"

等到那个男人出了店门后，小伙计不解地问店主："为什么您今天亲自来接待他呢？"

对自己所做的这一切，店主是这样回答的："你们应该知道，今天这位顾客的情况有所不同。"

"由什么不同呢？"

"平时光顾我们店的大多是有钱人。所以他们来我们店一点也不奇怪。可是今天的这位顾客却是为了品尝一下我们店里的豆沙包而把自己仅有的一点积蓄都拿出来了。恐怕再也没有比这更难能可贵的事了吧？对于这样的顾客，作为店主的我理所当然应当亲自接待。这才是商人之道呀！"

善意的小帮助

人的一切应该是美丽的，面貌、衣裳、心灵、思想。

——契诃夫

在 20 世纪 70 年代初的时候，有一位姓臧的姑娘被丈夫抛弃了，她带着两个年幼的女儿来到了人地两生、语言不通的香港，为了能糊口，她在尖沙咀一带摆了个饺子摊，因为无证照，所以常常被警察赶。

她的小女儿每天站在码头的最高石阶上为妈妈放哨。这一天，小女儿被旁边报贩带来的一只小狗给迷住了，忘记了放哨的事情。结果警察的车子一直开到了臧姑娘的饺子摊前。臧姑娘的小女儿心急得不得了，拉住警察的胳膊说："叔叔，你放过我妈妈吧，不关我妈妈的事。"

警察问："为什么不关你妈妈的事呢？"

小女儿脸上挂着眼泪说："是我忘记了给妈妈放哨。"

被小女儿求过的警察叹了口气对臧妈妈说："臧姑娘，你做生意吧。"

警察转身上车走了，给悲喜交加的母女三人留下了生存下来的勇气。臧妈妈后来说，她将为此感动一生。

这以后她的生意越做越好了，她的饺子被请进了超市，并创下了"臧姑娘"的著名饺子品牌。不仅两个女儿都靠饺子生意读到了大学毕业，她自己还成了有亿万身家的"香港饺子大王"。的确，有时候，一个善意的小小帮助可以改写一个人的命运。

鼓起孩子们的信心

> 东天已经到来，春天还会远吗？
>
> ——雪莱

罗杰·罗尔斯是纽约州的第 53 任州长，也是纽约州历史上的第一位黑人州长。他出生在纽约声名狼藉的大沙头贫民窟。这里的环境肮脏，而且充满暴力，是偷渡者和流浪汉的聚集地。在这儿出生的孩子从小耳濡目染的是逃学、打架、偷窃甚至吸毒，所以长大后很少有人获得比较体面的职业。然而，罗杰·罗尔斯却是个例外，他不仅考入了大学，而且成为了州长。

在就职的记者招待会上，到会的记者提出了一个共同的问题：是什么把你推向州长宝座的？面对 300 多名记者，罗尔斯对自己的奋斗史只字未提，他仅说了一个非常陌生的名字——皮尔·保罗。后来人们才知道，皮尔·保罗是他读小学时的一位校长。

1961 年的时候，皮尔·保罗被聘为了诺必塔小学的董事兼校长。当时正值美国嬉皮士流行的时代，他走进大沙头诺必塔小学的时候，发现这里的穷孩子比“迷惘的一代”还要无所事事，他们不愿与老师合作，他们旷课迟到、打架斗殴，甚至砸烂教室的黑板。皮尔·保罗想了很多办法来引导他们，可是都没有效果。后来他发现这些孩子都很迷信。于是在他上误的时候就多了一项内容——给学生看手相。他用这个方法来鼓励学生。

当罗尔斯从窗台上跳下，伸着小手走向讲台时，皮尔·保罗说：“我一看你修长的小拇指就知道，将来你就是纽约州的州长。”当时，罗尔斯大吃一惊，因为长这么大，只有他奶奶使他振奋过一次，说他可以成为五吨重的小船的船长。这一次皮尔·保罗先生居然说他可以成为纽约州的州长，大大出乎他的预料。他在心里牢牢记下了这句话，并且相信了它。

罗尔斯说，从那天起，“纽约州州长”就像海里的灯塔一样成为了自己的人生目标，从此，罗尔斯的衣服不再沾满泥土，说话时也不再夹杂着污言秽语。他开始挺直了腰杆走路，在以后的 40 多年时间里，他没有一天不按州长的身份要求自己。51 岁那年，他真的成为了纽约州的州长。

众人的帮助成就了梦想

> 当你的希望一个个落空，你也要坚定，要沉着！
>
> ——朗费罗

在一次拍卖会上，有大批的旧脚踏车在拍卖出售。当第一辆脚踏车开始竞拍时，站在最前面的一个不到 12 岁的男孩抢先出价：“5 块钱。”可惜，不一会儿，这辆车就被出价更高的人买走了。

稍后，另一辆脚踏车开拍。这位小男孩又出价 5 块钱……接下来，他每次都出这个价，而且不再加价。不过，5 块钱的确太少。那些脚踏车都卖到了 35 元以上，有的甚至卖到了 100 元以上。

暂停休息时，拍卖员问小男孩为什么不出较高的价竞争。小男孩说，他只有 5 块钱。拍卖继续，小男孩还是给每辆脚踏车出 5 块钱。他的这一举动引起了所有人的注意。人们交头接耳地议论着他。

经过漫长的一个半小时后，拍卖快要结束了，只剩下了最后一辆脚踏车，而且是非常棒的一辆，车身光亮如新，令小男孩怦然心动。拍卖员问：“有谁出价吗？”

这时，几乎已经失去希望的小男孩信心不足地说：“5 块钱。”拍卖员停止唱价，静静地站在那里。观众也默不作声，没有人举手喊价。静待片刻后，拍卖员说：“成交！5 块钱卖给那个穿短裤白球鞋的小伙子。”

观众纷纷鼓掌。小男孩脸上洋溢着幸福的光辉，拿出握在汗湿的手心里揉皱了的 5 块钱，买下了那辆无疑是世界上最漂亮的脚踏车。

善心的传递

> 希望是厄运的忠实的姐妹。
>
> ——普希金

欧文·鲁道夫一生都在帮助受损害的邻里儿童。他这样做是为了感激那儿的一个儿童俱乐部，因为那个儿童俱乐部拯救并培养了他。

欧文·鲁道夫的家在芝加哥的一个贫穷的巷子里。他儿时和一群困苦的孩子终日颠沛流离，为生存而奔波。有一天，一个儿童俱乐部在这个巷子的一所废弃的教堂里开办起来了。

“只有我们兄弟俩是我们这一群人中经常出入这个俱乐部的人。”欧文解释说，“除去我们以外，其他的人都在坐牢。如果不是由于芝加哥儿童俱乐部林肯分部的工作，我们现在也会坐牢的。”

欧文感激儿童俱乐部为他们兄弟俩所做的工作，所以他终生都在帮助住在那杂乱的巷子里的孩子们。由于他的努力和热心，芝加哥各个儿童俱乐部都收到了大量的捐款。由于他的工作，许多有影响的人都被吸引到这项事业中来了。

"我觉得我的工作仅仅是象征性地偿还了我对上帝的感激，他使我们兄弟俩受到了教育。"欧文又说，"而且请参观一下儿童俱乐部，那儿做的工作多好啊。孩子们有了他们所需要的东西，这些东西也正是我过去所需要的。"

帮助的奇迹

人有礼则安，无礼则危。

——《礼记》

人人都知道古罗马的大斗兽场，那里面发生过千百次的人兽相搏，也许人们早就没有兴趣想象那里发生的事情了。但是那里曾经出现过的一次奇迹，也许有的人还没有听说过。

那次，在斗兽场上，人们把饿了好几天的狮子放了出来。当时，缩在墙角的囚徒罗文莱斯颤抖着拎起长矛，默默地祈祷。他想自己快要完蛋了，但愿狮子能给自己留下一条全尸。

饿极了的狮子一眼就瞅见了缩在墙角的人，它仰天长吼一声之后，便迫不及待地猛扑了上去。罗文莱斯眼睛一闭，把长矛向前一刺，然而狮子却灵巧地避开了。就在这千钧一发之际，那只狮子突然停止了进攻，并且围着罗文莱斯转起了圆圈。转着转着，它忽然停了下来，缓缓地在罗文莱斯身边卧了下来，温顺地舔着他的手和脚。

全场顿时鸦雀无声。不一会儿猛地爆发出热烈的欢呼声。罗马皇帝也大为惊讶，破例地把罗文莱斯叫过去询问缘由。

原来在几年以前，罗文莱斯在路边发现一只受了重伤的狮子，他小心翼翼地给狮子包扎了伤口并照料它，直到伤口愈合，才送它回到森林。今天在斗兽场里遇见的正是这只狮子！

听完了罗文莱斯的讲述，罗马皇帝也大为感动，立即赦免了罗文莱斯。

慈悲心的力量

> 善气迎人，亲如弟兄；恶气迎人，害于戈兵。
>
> ——管仲

在一个寒冷的冬日，在纽约市的街头，一个10岁左右的小男孩正停留在百老汇一家鞋店前驻足观看，小男孩光着脚，盯着橱窗，因寒冷而颤抖着。

一个妇人走近男孩说：“小家伙，你在看什么？”

“我在求上帝给我一双鞋子。”小男孩回答说。

妇人牵着孩子走进商店，请售货员给男孩拿来半打袜子。然后，她问售货员能不能给她一盆水和一条毛巾。售货员很快拿给了她。

她带着小家伙走到商店后面的洗手间，脱下手套，跪下，洗他的小脚，并且用毛巾把脚擦干。这时售货员拿来了袜子。妇人将一双袜子给男孩穿上，又给孩子买了一双鞋子，还把剩余的袜子装在一个袋子里，递给了男孩。她轻轻拍着小男孩的头说：“毫无疑问，小家伙，你现在感觉舒服多了吧。”

当她要转身离开时，惊讶的孩子抓住了她的手，含着泪望着她的面孔认真地问：“你是上帝的妻子吗？”

饥饿中的需求

> 没道理的事不做，没根据的话不说。
>
> ——中国民谚

午后的天依然灰蒙蒙的，没有风。乌云压得很低，似乎要下雨了。这就像一个人想打喷嚏，可是又打不出来的样子，憋得难受。

多尔先生情绪很低落。他最烦在这样的天气出差，由于生计的关系，他要转车到休斯敦。开车的时间还有两个小时，他随便在站前广场上漫步，借以打发时间。

“太太，行行好！”

声音吸引了他的注意力，循声望去，他看见前面不远处一个衣衫破烂的小男孩伸出鹰爪一样的小黑手，尾随着一位贵妇人。那位贵妇人牵着一条毛色纯正、闪闪发亮的小狗急匆匆地赶路，生怕小黑手弄脏了她的衣服。

“行行好吧，我三天没有吃东西了，哪怕给一美元也行。”

考虑到甩不掉这个小乞丐，妇女转回身，怒喝一声：“滚！这么小就会做生意！”

小乞丐站住脚，满脸失望地走开了。

真是缺一行不成世界，多尔先生想。听说专门有人靠乞讨为生，甚至还有发大财的呢。还有一些大人专门指使一帮小孩子利用人们的同情心乞讨，说不定这些大人就站在附近观察呢，还有可能这些人就是孩子的父母，如果孩子完不成一定的数额，回去就要挨罚。不管怎么说，孩子是可怜的。这个年龄本来该上学的，本来应该在课堂里学习。哎！这孩子跟自己的儿子年龄相仿，可是……他的父母太狠心了，无论如何应该送他去上学，将来成为对社会有用的人。

多尔先生正思忖着，小乞丐走到他跟前，摊着小脏手：“先生，可怜可怜吧，我三天没有吃东西了。给一美元也行。”不管这个乞丐是生活所迫，还是欺骗，多尔先生心中一阵难过，他掏出一枚一美元的硬币，递到他手里。

“谢谢您，祝您好运！”小男孩金黄色的头发都粘成了一个板块，浑身上下只有牙齿和眼球是白的，估计他自己都忘记上次洗澡的时间了。

树上的鸣蝉在聒噪，空气又闷又热，像庞大的蒸笼。多尔先生不愿意过早地去候车室，就信步走进一家鲜花店。他有几次在这里买过礼物送给自己的朋友。

“你要买点什么？”卖花小姐训练有素，礼貌而又有分寸。

这时，从外面又走进来一个人，多尔先生瞥见那人正是刚才的小乞丐。

小乞丐很认真地逐个端详起柜台里的鲜花。

“你要买点什么?”小姐这么问，因为她从来没有想过小乞丐会买花。

”一束万寿菊。”小乞丐开口了。

“要送给什么人吗?”

“不用，你可以写上‘献给我最亲爱的人’。下面再写上‘祝妈妈生日快乐!’”

“一共是20美元。”小姐一边写，一边说。

小乞丐从破衣服口袋里摸出一大把硬币，“哗啦啦”地倒在柜台上，每一枚硬币都磨得亮晶晶的，那里面可能就有多尔先生刚才给他的。他数出20美元，然后虔诚地接过有纸牌的花，转身离去了。

这个小男孩还蛮有情趣的，多尔先生想着。

火车终于驶出站台，多尔先生望着窗外，外面下雨了，路上没有行人，只剩下各式各样的车辆。突然，他在风雨中发现了那个小男孩。只见他手捧鲜花，一步一步地缓缓前行，仿佛忘记了身外的一切，瘦小的身体更显单薄。多尔发现男孩的前方是一块墓碑，他手中的菊花迎着风雨怒放着。

火车撞击铁轨的声音越来越急促，多尔先生的胸膛中感到一次又一次的强烈冲击。他的眼前模糊了。

沈周为赝品题款

良言一句三冬暖，恶语伤人六月寒。

——中国民谚

“吴门派”是明代中国画的著名流派之一，它的奠基人是苏州人沈周。沈周出身于诗画兼收藏的世家，祖父沈澄，伯父沈贞吉，父亲沈恒吉，都是以诗、画著称于时的大名家。沈周幼承家学，不乐仕进，毕生从事诗、书、画的创作。

沈周的书画艺术在中年时期就已臻于成熟，并风行全国。因此模仿他作品的赝品也比比皆是。对于这一点，他自己倒并不怎么在意。有的人拿着赝品求他题款，他也往往慨然应允。相传苏州有一位以卖画糊口的贫士，因为老母卧病不起，加上年景又不好，身无御寒衣，家无隔宿粮，只得临摹了一幅沈周的山水画，在熟人的引荐下来到沈家，央求沈周亲笔题写款行，以便多卖几个钱。

沈周怜悯这人的困境，就对那幅画的若干线条稍稍修改了一下，并添画了几块石头，然后题上款，再审其画面虚实钤上“引首章”、“名章”和“压角章”交给了那个贫士。贫士捧着画作没走多远，就被一富商用高价买下。贫士欢欢喜喜地回家替老母请医治病去了。

鲁迅先生书店赠书

不敬他人，是自不敬也。

——《旧唐书》

20 世纪 30 年代初，鲁迅先生翻译的《毁灭》，引起反动当局的极端仇视，国民党当局密令严行查禁，并勒令缴毁原版。鲁迅先生当然不会屈服，他就自己筹资印刷出版。决心使这部纪念碑式的小说“渗透到读者中间去”。

1932 年秋天的一个中午，天上飘着毛毛细雨。鲁迅先生正在书店里与内山谈话。这时，上海英商汽车公司的售票员阿累，利用接班前的空隙，来到内山书店看书。他抚摸着鲁迅先生翻译的《毁灭》，爱不释手，但一看定价是一元四角，犹豫了，买下来吧，苦于口袋里的钱不够；不买吧，又舍不得走开。这一切，被鲁迅先生看在眼里，鲁迅先生走过去关切地询问他：“你要买这本书吗?”

阿累回答之后，鲁迅从书架上取下另一本《铁流》，递给阿累说：“你买这本书吧——这本比那一本还好。”

“先生，我买不起，我的钱不够……”

“一块钱你有没有？一块钱。”

当阿累认出了面前的这位先生就是鲁迅时，高兴得心狂跳，顿时有了勇气，忙答：“有！”

鲁迅微笑着对阿累说：“这本《铁流》本来可以不要钱的，但这是曹先生（指曹靖华）的书，现在只收你一块钱的本钱。我那一本《毁灭》，是送你的。”

阿累把内衣口袋里的那块银元递给了鲁迅，这件事让他终生难忘。

小手艺的大用场

> 一个人的美不在于外表，而在于才华、气质和品格。
>
> ——马雅可夫斯基

古时候，阿拉伯国王有个儿子，他爱上了一个牧羊人的女儿。他去见他的父亲，说：“父王，我爱上了一个牧羊人的女儿，我要和她结婚。”国王听勃然大怒说：“我是国王，你是我的儿子。我死后你就是国王，你怎能娶一个牧羊人的女儿为妻呢？”王子答道：“我只知道我爱她，我愿她做我的王后。”

国王感到这是天意，于是派信使去告诉那个姑娘说，国王的儿子爱她并要娶她为妻。牧羊人的女儿对信使说：“他是做什么活的？”信使回答：“他是王子，不做活。”姑娘说：“他要学会做一种活，我才嫁给他。”信使回去把姑娘的话告诉了国王。

国王对儿子说：“那个姑娘要你先学会一门手艺。你还想娶她吗？”王子说：“想。”于是王子试着做一些从来没有干过的活，他看到河边的枝条柔软，就想到用它们编一座漂亮的楼房。一个月之后，楼房编好了，王子差信使把这个精美的工艺品送给那个姑娘。

姑娘得知是王子亲手做的，非常高兴，便随信使回宫，与王子结了婚。

一天，王子在巴格达的街上散步。走着走着觉得肚子饿了，就走进了街边一家看起来还算优雅的客栈。

这店其实是一伙强盗和杀人犯开的。他们把王子捉起来关进了土牢。土牢里已经关着不少城里的知名人士。这帮坏人把捉来的胖子杀了用来喂捉来的瘦子，以此来开心。王子很瘦，并且强盗们并不知道他的身份，所以王子一时还没有生命危险。他对强盗们说："我会用柔软的枝条编精美的工艺品，你们可以拿去卖给国王，国王一定会喜欢的，我给他写封信，就可以说服他给你们一个好价钱。"于是强盗们就给了他枝条和纸笔。第二天，不识字的强盗们就拿着王子的手工艺品去见国王，国王发现这是失踪儿子编的，赶紧叫来王子的媳妇。他们见到了里面的信，明白了事情的真相。然后假意给了强盗们许多钱，并告诉下人跟踪他们，知道了强盗的住所。

国王派出了许多士兵去杀掉了所有的强盗，救出了所有被俘的人。王子平安地回到他父亲的宫里，和妻子团聚。他对妻子十分感激，说："亲爱的，完全因为有了你的帮助，我才能大难不死。"

归还回来的雨伞

自私自利之心，是立人达人之障。

——吕坤

一个夏季的黄昏，王欣欣正在窗前修剪那盆文竹，一场突如其来的暴风雨把一个陌生人驱赶到她家的屋檐下。他隔着窗子笑着与她打招呼，她微笑着应答。突然，她发现他的胳膊上有一处刀疤，那结痂似一条蜈蚣伏在上面，她暗吃一惊。

陌生人30岁左右，穿着一件沾有油污的短袖汗衫，胳膊处的肌肉向外鼓着，身体很结实。他一定是个打架的好手，她暗想。他小心翼翼地向她借伞，并要求她给他一杯水喝。她犹豫起来，他会还她雨伞吗？他是不是坏人呢？她给他找来那把已多年不用的破伞，从窗口递给他。“家里没水了。”她抱歉地冲他一笑，陌生人并不介意，向她说声“谢谢”，接过雨伞走了，刚走两步，一个趔趄，差点儿摔倒在地，这时候她才发现他是残疾人，她开始后悔为什么不给他倒一杯橙汁，对自己缺乏同情与过度谨慎的行为不安起来。

第二天一大早，王欣欣刚刚起床，那个陌生人送伞来了，他自行车后座上挎着两个帆布包，里面放着伞骨架，帆布料、打气筒、自行车轮胎什么的。王欣欣欣喜过望，随手接过伞时觉得有些异样，撑开一看，伞的破漏处被缝补得整整齐齐、漂漂亮亮，连坏死的半自动弹簧也修好了。

王欣欣不知道说什么才好，赶紧把他让进家里，给他倒了杯牛奶。和他交谈时，王欣欣知道他不过是一个普普通通的工人，一年前因工伤下岗后干起修理工，脖子上的刀疤是因在汽车上抓一个小偷而留下的……顿时，王欣欣心里涌出一股涩涩的愧疚。

小善换回生命

> 礼貌是人类共处的金钥匙。
>
> ——松苏内吉

在20世纪30年代，德国的一个小镇上有一个犹太传教士，每天早晨总是按时到一条幽静的小路上散步。不论见到谁，他总会热情地打一声招呼：“早安！”天长日久，小镇上的人们都认识他了，并且也会礼貌地说一声“早安！”

有一天，小镇上来了一个叫米勒的年轻人，对传教士每天早晨的问候，反应很冷淡，甚至连头都不点一下。然而，面对米勒的冷漠，传教士未曾改变他的热情，每天早晨依然给这个年轻人道早安。几年以后，德国的纳粹党上台执政。传教士和镇上的犹太人，都被纳粹党集中起来，送往集中营。下了火车，列队前行的时候，有一个手拿指挥棒的军官，在队列前挥舞着指挥棒，叫道："左、右。"指向左边的将被处死，指向右边的则有生还的希望。传教士不知道什么样的人该死，什么样的人能幸免于难，但他知道自己肯定没有生还的希望了。轮到点传教士的名字了，他无望地抬起头来，眼睛一下子与军官的眼睛相遇了，传教士不由自主地脱口而出："早安，米勒先生。"

米勒虽然板着一副冷酷的面孔，但仍禁不住说了一声："早安。"声音低得只有他们两人才能听到。然后，米勒果断地将指挥棒往右边一指。

传教士获得了生的希望……

赞美产生的奇迹

礼貌使有礼貌的人喜悦，也使那些受人以礼貌相待的人们喜悦。

——孟德斯鸠

1985 年 9 月，安德尔·福尔德斯在西德萨尔布吕肯市给一批年轻的钢琴家上主课时发现，如果他在某个学生的背上轻轻拍一下，他就会表现得更为出色。安德尔·福尔德斯便在全班学生面前对他杰出的演奏予以赞扬，使他自己以及全班学生大为惊奇的是，他马上超越了自己的原有水平。

安德尔·福尔德斯给学生们讲了他自己受表扬的经历：

我记得的第一次表扬使我感到如何的幸福和骄傲！我当时 7 岁，我的父亲要我帮忙在花园里干些活。我竭尽全力卖劲地干活，得到了最丰厚的报酬。当时他亲了我一下说："谢谢你，儿子。你干得很好。"60 多年后，他的话仍然在我耳边回响。

16岁时，由于我与我的音乐教师发生分歧，我处于某种危机之中。后来一个著名的钢琴家艾米尔·冯·萨尔，李斯特的最后一个活着的弟子，来到布达佩斯，要求我为他演奏。他专心地听我弹了巴赫的C大调"Toccata"，并要求听更多的曲子。我把自己的全副身心都投入弹奏贝多芬的"Psheque"奏鸣曲以及其后舒曼的"Pa Pillons"之中。最后，冯·萨尔起身，在我的前额上吻了一下。"我的孩子，"他说，"在你这么大时，我成了李斯特的学生。在我的第一堂课后他在我前额上亲了一下，说：'好好照料这一吻——它来自贝多芬。他在听了我演奏后给我的。'我已经等了多年，准备传下这一神圣的遗产，而现在我感到你当受得起。"

在我的一生中没有别的什么可以比得上冯·萨尔的赞扬。是他的赞美帮助我成为今天这样的钢琴家。

品格高尚的朱文季

人前莫吹捧，人后莫挑拨。

——中国民谚

东汉时期，朱文季和张堪同县。张堪在太学中认识朱文季，很赏识他，把他当作朋友看待、交往。张堪曾经拉着朱文季的胳膊说："我想把妻、子托付给朱先生。"因为当时张堪已经很有地位和名望了，朱文季拱拱手不敢应允，此后再也没有和张堪见面。

张堪死后，朱文季听说他的妻、子生活贫苦，自己悄悄跑到她家去观察，发现果然如此，于是接济了她一大笔钱。

朱文季的儿子感到很奇怪，问他："以前张堪想把妻、子托付予你，你不能答应，为什么现在又做出这种举动呢？"

朱文季说："张堪曾经对我说过肺腑之言，我在心里已经答应了他，所以要信守诺言。”

朱文季和同郡的陈楫关系很好，陈楫死得早，留下了一个遗腹子陈友，朱文季很可怜他。后来他的朋友桓虞做了南阳太守，想让朱文季的儿子朱骈在自己手下做官，朱文季推辞了，向他推荐了陈友。

谈论网球的收获

礼仪的目的与作用本在使得本来的顽梗变柔顺，使人们的气质变温和。

——约翰·洛克

一向精明的王先生非常生气，因为他最喜爱的一件新外套被洗衣店的人熨了一个焦痕。他决定找洗衣店的人赔偿。但麻烦的是那家洗衣店在接活时就声明，洗染时衣物受到损害概不负责。与洗衣店的职员做了几次无结果的交涉后，王先生决定面见洗衣店的老板。

进了办公室，看到高高在上的老板面无表情地坐在那儿，王先生心里就没了好气。“先生，我刚买的衣服被您手下不负责任的员工熨坏了，我来是请示赔偿的，它值1500元。”王先生大声地说道。

那老板看都没看他一眼，冷淡地说：“接货单子上已经写着‘损坏概不负责’的协定，所以我们没有赔偿的责任。”

出师不利，冷静下来的王先生开始寻找突破口。他突然看到老板背后的墙上挂着一支网球拍，心中便有了主意。

“先生，您喜欢打网球啊？”王先生轻声地问道。

“是的，这是我唯一的也是最喜爱的运动了。你喜欢吗？”老板一听网球的事，立刻来了兴趣。

“我也很喜欢，只是打得不好。”王先生故作高兴且一副虚心求教的样子。

洗衣店的老板一听，更高兴了，如碰到知音一样的与王先生大谈起网球技法与心得来。谈到得意时，老板甚至站起身做了几个动作。而王先生则在旁边大加称赞老板的动作优美。

激情过后。老板又坐了下来。

“哎哟，差点忘了！你那衣服的事……”

“没关系，跟您上了一堂网球课。我已经满足了！”

“这怎么行！小李，”一个年轻人跑了进来，“你给这位王先生开张支票吧……”

帮助老板解决小问题

> 青年人应当避免虚伪与欺骗，应当显得恳挚悦人，这样学着去行正直。
>
> ——夸美纽斯

一天，在西格诺·法列罗的府邸正要举行一个盛大的宴会，主人邀请了一大批客人。就在宴会开始的前夕，负责餐桌布置的点心制作人员派人来说，他设计用来摆放在桌子上的那件大型甜点饰品不小心被弄坏了，管家因此而急得团团转。

这时，西格诺府邸厨房里干粗活的一个小仆人走到管家面前怯生生地说道：“如果您能让我来试一试的话，我想我能造另外一件来顶替。”

“你？”管家惊讶地喊道，“你是什么人，竟敢说这样的大话？”

“我叫安东尼奥·卡诺瓦，是雕塑家皮萨诺的孙子。”这个脸色苍白的孩子回答道。

“小家伙，你真的能做吗？”管家将信将疑地问道。

“如果你允许我试一试的话，我可以造一件东西摆放在餐桌中央。”小孩子开始显得镇定一些。

于是，管家就答应让安东尼奥去试试，他则在一旁紧紧地盯着这个孩子，注视着他的一举一动，看他到底怎么办。这个厨房的小帮工不慌不忙地要人端来一些黄油。不一会儿工夫，不起眼的黄油在他的手中变成了一只蹲着的巨狮。管家喜出望外，惊讶地张大了嘴巴，连忙派人把这个黄油塑成的狮子摆到了桌子上。

晚宴开始了。客人们陆陆续续地被领到餐厅来。这些客人当中，有威尼斯最著名的实业家，有高贵的王子，有傲慢的王公贵族们，还有眼光挑剔的专业艺术评论家。但当客人们一眼望见餐桌上卧着的黄油狮子时，都不禁交口称赞起来，纷纷认为这真是一件天才的作品。

他们在狮子面前不忍离去，甚至忘了自己来此的真正目的是什么了。结果，这个宴会变成了对黄油狮子的鉴赏会。客人们在狮子面前情不自禁地细细欣赏着，不断地问西格诺·法列罗，究竟是哪一位伟大的雕塑家竟然肯将自己天才的技艺浪费在这样一种很快就会熔化的东西上。法列罗也愣住了，他立即喊管家过来问话，于是管家就把小安东尼奥带到了客人们的面前。

当这些尊贵的客人们得知，面前这个精美绝伦的黄油狮子竟然是这个小孩仓促间做成的作品时，都不禁大为惊讶，整个宴会立刻变成了对这个小孩的赞美会。富有的主人当即宣布，将由他出资给小孩请最好的老师，让他的天赋充分地发挥出来。

西格诺·法列罗果然没有食言，安东尼奥没有被眼前的宠幸冲昏头脑，他依旧是一个纯朴、热切而诚实的孩子。他孜孜不倦地刻苦努力着，希望把自己培养成为像皮萨诺一样优秀的雕塑家。

也许很多人并不知道安东尼奥是如何充分利用第一次机会展示自己才华的。然而，却没有人不知道后来著名雕塑家卡诺瓦的大名，也没有人不知道他是世界上最伟大的雕塑家之一。

保持诚挚的微笑

礼貌经常可以替代最高贵的感情。

——梅里美

飞机起飞前，一位乘客请求空姐给他倒一杯水吃药。空姐很有礼貌地说：“先生，为了您的安全，请稍等片刻，等飞机进入平稳飞行后，我会立刻把水给您送过来的。”

15 分钟后，飞机早已进入了平稳飞行状态。突然，乘客服务铃急促地响了起来，空姐猛然意识到：糟了，由于太忙，她忘记给那位乘客倒水了！当空姐来到客舱，看见按响服务铃的果然是刚才那位乘客。她小心翼翼地把水送到那位乘客跟前，面带微笑地说：“先生，实在对不起，由于我的疏忽，延误了您吃药的时间，我感到非常抱歉。”这位乘客抬起左手，指着手表说道：“怎么回事，有你这样服务的吗？”空姐手里端着水，心里感到很委屈，但是，无论她怎么解释，这位挑剔的乘客都不肯原谅她的疏忽。

接下来的飞行途中，为了补偿自己的过失，每次去客舱给乘客服务时，空姐都会特意走到那位乘客面前，面带微笑地询问他是否需要水，或者别的什么帮助。然而，那位乘客并未消气。

临到目的地前，那位乘客要求空姐把留言本给他送过去，很显然，他要投诉这名空姐。此时空姐心里虽然很委屈，但是仍然不失职业道德，显得非常有礼貌，而且面带微笑地说道：“先生，请允许我再次向您表示真诚的歉意，无论你提出什么意见，我都将欣然接受您的批评！”那位乘客脸色一紧，嘴巴准备说什么，可是却没有开口，他接过留言本，开始在本子上写了起来。

等到飞机安全降落，所有的乘客陆续离开后，空姐本以为这下完了，没想到，等她打开留言本，却惊奇地发现，那位乘客在本子上写下的并不是投诉信，相反，这是一封热情洋溢的表扬信。

是什么使得这位挑剔的乘客最终放弃了投诉呢？

在信中，空姐读到这样一句话："在整个过程中，你表现出的真诚的歉意，特别是你的12次微笑，深深打动了我，使我最终决定将投诉信写成表扬信！你的表现很优秀，下次如果有机会，我还将乘坐你们的这趟航班！"

愿意为你加油

> 生命短促，只有美德能将它留传到辽远的后世。
>
> ——莎士比亚

以下是一位女孩说的故事。

我们一家人聚在一起说说笑笑，屋里是温暖的炉火和闪烁的圣诞节彩灯。妈妈突然说："你们有谁想……"她的话还没说完，房间立刻空荡荡的，只剩下我和男友托德了。男友一脸迷惑地问我刚才发生了什么事。我说："他们都去为妈妈的汽车加油了。"

托德惊叫起来："现在？外面天寒地冻的，已经是夜里11:30了啊！"

看着他惊讶的表情，我笑着说："是的，就现在。"

来到妈妈的汽车旁，我们三下五去二地刮掉汽车挡风玻璃上的霜冻，迫不及待地钻进汽车里。在前往加油站的路上，托德好奇地问我，这么晚了，我们还要去给妈妈的汽车加油，究竟是为什么呢？

"每次我们回家过节的时候，我们都要替爸爸为妈妈加油。"

看着他狐疑的样子，我笑着说："我妈妈有20年自己没加油了。这20年来，一直都是爸爸帮她加油。"我耐心地向他解释道，"记得在我大学二年级那年回家度假的时候，我自认为已经长大，已经无所不知了，尤其是关于女权和女性独立自主方面。有天晚上，我和妈妈正在包礼物，我对妈妈说，将来我结婚以后，一定要让我的丈夫帮着做家务。接着，我问妈妈是否对整日洗熨衣物、刷锅洗碗感到厌倦，她却平静地对我说她从来都没有感到麻烦。这简直令人难以置信。于是，我开始向她大谈特谈两性平等。

“妈妈耐心地听我高谈阔论。等我说完后，她注视着我的眼睛说：‘亲爱的，将来你会明白的。在我们的婚姻生活中，总有些事情是你喜欢做的，有些是你不喜欢做的。因此，夫妻二人一定要在一起互相交流，互相协商，看看有哪些事情是你愿意为对方做的，有哪些事情是需要二人共同做的。此外，夫妻二人要共同分担责任。我真的从来都没有在意过每天做洗熨衣物等家务事。当然，做这些琐事确实花了我不少时间，但是，这是为你爸爸做的。反过来说，我不喜欢去给汽车加油，那种特别难闻的味道着实让我难受，而且我也不喜欢站在寒冷的车外等着加油。所以，总是你爸爸去为我的汽车加油。还有，你爸爸负责日常到杂货店买东西，我负责做饭；你爸爸负责割草，而我负责清理。在婚姻生活中，是不需要记分卡的。夫妻二人各自为对方做了一些力所能及的事可以让彼此的生活更加舒适，更加从容。只要你想到这是在帮你的爱人做的，你就不会在意这些事有多么的琐碎或是麻烦，因为你这么做完全是因为爱啊！”

“这么多年来，我一直都在思考妈妈说过的那些话，我喜欢妈妈和爸爸的这种互相关怀、互相照顾的方法。你知道吗？托德，将来我结婚以后，我也不想在夫妻之间有记分卡。”

在回家的路上，托德显得异乎寻常的安静。当我们回到家的时候，托德熄灭了发动机，转过身，抓住我的双手，深情地看着我，他的脸上洋溢着温柔的笑容，眼睛里闪烁着激动的光彩。“只要你愿意，”他温柔地说，“我愿意一辈子为你加油！”

助人是一种美德

鲁迅救人之所急

常求有利别人，不求有利自己。

——谢觉哉

在国民党当局的白色恐怖下，鲁迅先生的信件和钱款往往是由内山书店代为收转，就连与人接头，也经常是在内山书店里进行。

有一天，鲁迅先生急于用钱，他估计有一笔稿费应该送来了，便到内山书店跑了一趟。果然，这笔钱已经到了，共计100元。

鲁迅先生收下后，就在店里与内山先生说话，忽然，有一个妇女急匆匆地进来了。她是来找鲁迅的。她低声地向鲁迅诉说了一番什么之后，鲁迅便毫不犹豫地把这100元钱都交给了她。那个妇女说了声“谢谢”，便匆匆地又走了。

内山先生知道，在鲁迅的生活里，100元钱绝不是一个小数目，何况他正急于用钱，怎么就这样随便给了那个妇女呢？鲁迅解释说：“她的丈夫，被人出卖了，最近被抓进了苏州监狱。她正在设法营救。监狱方面说，拿300元钱来才能放人。她东借西凑地凑出了200元，还差100元，希望我借给她。”

内山先生又问：“她丈夫是谁？”鲁迅告诉他说：“是我在北京教书时的学生。”

内山先生感叹了，不以为然地道：“监狱方面要是骗他的钱怎么办？您应当劝她不要上那个当的！”

鲁迅先生说："在中国，这种事情多得很，警察和狱吏就是这样进行敲诈勒索的，她想必也知道，但是有什么办法！"鲁迅先生接着又说："您如果站在她的地位上来想一想，您也得着急的！……不如数给他们钱，就不会放人，她能有什么别的办法，只好把钱凑足了送去；而我，又怎能袖手旁观呢！救人危难，不是理所当然的事吗！"

内山先生终于连连地点头了。

保护雕像者

> 私心胜者，可以灭公。
>
> ——林逋

从前有一个叫基里奥的希腊奴隶，很有艺术天才。当他正从事一组雕塑的创作时，希腊当局颁布了一条法律：奴隶如果搞艺术创作就要判处死刑。

怎么办呢？基里奥可是把他的整个身心、灵魂和生命都投入到这雕塑创作上了呀。

基里奥拉丝是基里奥的姐姐，和基里奥一样，她也感受到了巨大的打击。但她鼓励弟弟说："到我们房子下面的地窖里去创作吧，我可以给你点上灯，给你粮食，继续工作吧，上帝会保佑我们的。"

在地窖里，基里奥在姐姐的保护之下，夜以继日地进行着他那光荣而危险的工作。不久，在希腊的雅典举行了一个艺术展览会，由政府显要兼艺术家波力克主持，希腊当时最著名的雕塑家菲狄亚斯、哲学家苏格拉底以及其他有名的大人物都参加了。

大师们的作品都摆在那儿，但是，有一组雕塑，比其余所有的作品都漂亮精美得多，它好像是阿波罗神自己的作品。这组大理石雕塑吸引着所有人的注意。艺术家们同声赞叹，心服口服，没有一点妒意。

"这雕塑是谁的作品？"没有人说话。

传令官又重复了这个问题，还是没有人回答。“怪了，难道这是一个奴隶的作品吗？”

在一阵剧烈的骚动中，一个衣发散乱的美丽少女被拖了出来。她紧闭着嘴，眼中闪烁着坚定的神情。

官员们喊道：“这姑娘知道这组雕塑的情况，我们可以肯定这一点，但是她不肯说出雕塑者的名字。”

人们问基里奥拉丝，但是她不说话。人们告诉她，她这样的行为是要被惩处的，但她还是不说话。

“那么，”波力克说，“法律是强制的，我是执法大臣，把她关进地牢去！”

这时，一个留着长发、面容憔悴，然而眼中闪耀着智慧光芒的年轻人冲到了波力克面前：“放了她吧，我是雕塑者。那组雕塑是我的作品，一个奴隶双手的劳动成果。”

人们鼓噪了起来，他们大声呼喊着：“下地牢！下地牢！该死的奴隶！”

但是，波力克站了起来，大声说：“不！只要我还活着，就要保护那组雕塑！是阿波罗神用这组雕塑告诉我们，在希腊，有一件比不公正的法律更崇高的东西。法律最崇高的目标就是保护和发展美好的事物。雅典之所以能闻名世界，那就是因为她对不朽艺术的贡献。这位年轻人不应该让他下地牢，而应该让他站在我的身边！”

终于，在人们的欢呼声中，波力克把手中标志胜利的橄榄冠戴到了基里奥头上。

付出者是富人

> 我们唯一不会改正的缺点是软弱。
>
> ——拉罗什福科

有甲乙两人死后来到了阴曹地府，阎王爷在查看过功德簿后说：“你们二人前世都未作过大恶，准许投胎为人。但是现在只有两种人可供你们选择：付出的人或者索取的人，也就是说，你们其中的一个今后必须过付出、给予的生活；而另一个今后则必须过索取、接受的生活。”

然后阎王爷又说了要他俩慎重选择等等之类的话。

甲在心中暗自思忖：索取、接受就是坐享其成，太舒服了。于是他急忙抢先回答说道：“我要过索取、接受的人生！”

乙见此情景，也没有别的选择了，没办法，只好表示甘愿过付出、给予的生活。

阎王听完他俩的选择后，当下宣判二人来世的前途说：“甲过索取、接受的人生，下辈子当乞丐，整天向人索取，接受别人的施舍。乙过付出、给予的人生，来世做富翁，布施行善，帮助别人。”

为对方着想

一切利己的生活，都是非理性的、动物的生活。

——列夫·托尔斯泰

在古时候的犹太地方有这样兄弟两个，两人共同耕种一块田地，所有的收成都一分为二，纳入各自的仓库中，长兄已经娶妻生子，而小弟则尚未成家。

某一天的夜里，做弟弟的想到哥哥有妻小，负担较重，就觉得应该把自己的收成拿出一些来给他，因此就偷偷地将自己仓库中的粮食，拿了一部分运到哥哥的仓库里。

而那位做哥哥的也想到自己有家有室有子女，老年生活是没有问题的，而弟弟至今还是单身，必须为未来的生活打算。因此也趁着夜里，偷偷地将自己的收成运到弟弟的仓库里。

第二天一大早，兄弟二人奇怪地发现彼此仓库里的粮食都没有增加，于是夜里又再次搬运，就这样持续了多个晚上，直到某个晚上两人不期而遇。

这时，兄弟二人才终于明白为什么彼此仓库里的粮食都没有增加，才知道彼此都在为对方着想，于是，兄弟二人相拥而泣。

帮人树立信心

> 宿命论是那些缺乏意志力的弱者的借口。
>
> ——罗曼·罗兰

曾经有一个法国人，一直到了42岁还一事无成，他自己也认为自己简直倒霉透了：离婚、破产、失业……他不知道自己的生存价值和人生的意义。他对自己非常不满意，变得古怪、易怒，同时又十分脆弱。有一天，一个吉普赛人在巴黎街头算命，他抱着随和的心态随意一试。

吉普赛人在仔细地看过他的手相之后，说："你是一个伟人，您很了不起！"

"什么？"他大吃一惊，"我是一个伟人，你不会是在开玩笑吧?!"

吉普赛人心平气和地说："您知道您是谁吗？"

"我是谁？"

他暗想，"我是个倒霉鬼，是一个穷光蛋，是一个被生活所抛弃的人！"但他仍然故作镇静地问："我是谁呢？"

"您是伟人"，吉普赛人说，"您知道吗，您是拿破仑转世！您身体里流的血、您的勇气和智慧，都是拿破仑的啊！先生，难道您真的没有发觉？你仔细看看，连您的面貌也很像拿破仑呢！"

"不会吧……"他迟疑地说，"我离婚了……我破产了……我失业了……我几乎无家可归了……"

"哎，那是您的过去"，吉普赛人只好说，"您的未来可不得了！如果先

生您不相信的话，就不用给我钱好了。不过，5 年后，您将是法国最成功的人！因为您就是拿破仑的化身!”

他表面装作极不相信地离开了，但心里却有了一种从未有过的伟大感觉。他对拿破仑产生了浓厚的兴趣。回家以后，就想方设法找到与拿破仑有关的各种书籍来学习。渐渐地，他发现周围的环境开始改变了，朋友、家人、同事、老板，都用另一种眼光、另一种表情对待他。事情逐渐开始顺利了起来。

后来他才领悟到，其实一切都没有改变，真正改变的是他自己：他的胆魄、思维模式都在模仿拿破仑，就连走路说话都很像。

13 年以后，也就是在他 55 岁的时候，他成了亿万富翁，成了法国赫赫有名的成功人士。这一切，都应该感谢当初帮他算命的那个吉普赛人。

院长的鼓励

> 清贫，洁白朴素的生活，正是我们革命者能够战胜许多困难的地方！
>
> ——方志敏

从前有一个生长在孤儿院中的男孩，他常常悲观地问院长：“像我这样没有人要的孩子，活着究竟有什么意思呢?”院长总是笑而不答。有一天，这个男孩又问这个问题的时候，院长交给男孩一块石头，说：“明天早上，你拿这块石头到市场上去卖。记住，不是‘真卖’，无论别人出多少价钱，绝对不能真的卖掉。”

第二天，男孩蹲在市场的角落里专心地卖他的石头，出人意料的是，竟然真的有好多人要向他买那块石头，而且价钱越出越高。

回到院内，男孩兴奋地向院长报告，院长笑笑，要他明天把这块石头拿到黄金市场去叫卖。在黄金市场，竟然有人出了比昨天高出 10 倍的价钱要买那块石头。

最后，院长叫男孩把石头拿到宝石集市上去展示。结果，石头的身价较昨天又涨了10倍，更因为男孩不管别人出多么高的价钱都不肯卖出去，这块石头竟然被传成了“稀世珍宝”。

男孩兴冲冲地捧着石头回到孤儿院，将这一切向院长汇报。院长望着男孩，慢慢地说道：“生命的价值就像这块石头一样，在不同的环境下就会有不同的意义。一块不起眼的石头，由于你的珍惜、惜售而提升了它的价值，被说成是稀世珍宝。你自己不就像这石头一样么？只要自己看重自己，自我珍惜，生命就会有意义、有价值。”

扶持伟人的成长

> 生当作人杰，死亦为鬼雄，至今思项羽，不肯过江东。
>
> ——李清照

在1936年的10月，闻名全球、被称为20世纪最伟大女性的海伦·凯勒，惊闻她的老师安妮因病过世的噩耗，这让素来坚强刚毅的海伦·凯勒几乎崩溃。

海伦·凯勒从小就因眼盲、耳聋，无法像一般正常小孩子一样学习说话，而被认定是一个集盲、聋、哑于一身，无法接受教育的孩子。幸而在她遇上安妮老师之后，细心的安妮发现海伦·凯勒发声的能力并未丧失，便竭尽心力设法教导海伦·凯勒开始学习如何说话。

安妮牵着海伦·凯勒的手，在寒冷的冬天里，接触冰冷的水。当海伦·凯勒幼小的心灵被触动时，安妮在海伦·凯勒的手心，用指尖轻轻划着：“W、A、T、E、R……”同时，安妮拉着海伦·凯勒的另一只手，触摸安妮的颈部声带处，口中不断发出：“water!”（水）的读音，让海伦·凯勒感受到发音的奇妙。

就这样一个字、一个字慢慢地练习，安妮老师用无比的耐心，经历最大的艰难，终于教会了海伦·凯勒说话以及阅读，并进而使海伦·凯勒成长为一位杰出卓越的演说家及教育家。在经过与安妮半个世纪的朝夕相处后，海伦·凯勒早已经将安妮老师视为自我的一部分。所以乍闻老师过世噩耗的海伦·凯勒，其伤痛之深刻，的确是任何言语都无法形容的。悲痛伤心的海伦·凯勒，根本不知道究竟该如何面对这一切。最后，在好友的建议下，她只能放下手边所有繁重的工作，随着朋友一起四处旅行，希望能借以解除内心深沉的哀痛。

海伦·凯勒丧师的悲痛，持续了极为漫长的一段时间。直到一年以后，海伦·凯勒方才猛然醒悟。原来安妮老师用最大的爱心与耐心，艰难地来教育海伦·凯勒，是希望海伦·凯勒也能像安妮一样，来为这世上更多不幸的人们服务，帮助他们找到属于自己的灿烂人生。海伦·凯勒领悟了安妮老师的遗志，她下定决心为世上所有的残障人士，奉献自己最大的爱心！

记住别人的帮助

共同的事业，共同的斗争，可以使人们产生忍受一切的力量。

——奥斯特洛夫斯基

阿拉伯的著名作家阿里，有一次和吉伯、马沙两位朋友一起去旅行。三人行经一处山谷时，马沙失足滑落。在千钧一发之际，幸而多亏吉伯拼命地拉住他，才将他救起。

马沙于是在附近的大石头上刻下了：“某年某月某日，吉伯救了马沙一命”。

三人继续走了几天，来到了一处河边，吉伯跟马沙为了一件小事争吵起来，吉伯一气之下打了马沙一耳光。马沙跑到沙滩上写下：“某年某月某日，吉伯打了马沙一耳光”。

当他们旅游回来之后，阿里好奇地问马沙为什么要把吉伯救他的事刻在石头上，而将吉伯打他的事写在沙上。

马沙回答说："我永远都感激吉伯救我，没有他，我的命都没了。至于他打我的事，我会随着沙滩上字迹的消失，而忘得一干二净的。"

记住别人对我们的帮助，洗去我们对别人的怨恨，在人生的旅程中才能自由地翱翔。

不要放弃自己的责任

理想的人物不仅要在物质需要的满足上，还要在精神旨趣的满足上得到表现。

——黑格尔

在劳伦成长的屋子里，在同一间房的一个角落，在同样的窗下和同样的乳黄色的墙壁旁边，劳伦的弟弟奥立佛，仰面朝天地在他的床上度过了整整33个春秋。奥立佛又瞎又哑，双腿奇异地扭曲在一起，甚至没有力量抬起自己的头，当然更不可能有学习任何东西的智力了。

劳伦现在已经是一名英语教师，每当劳伦给学生们介绍又瞎又聋的女孩海伦·凯勒顽强生存的故事时，劳伦总要告诉他们自己的弟弟奥立佛的事情。曾经有一个男孩儿举起手问："哦，德·劳伦先生，你是说，他只是一株植物吗？"

"是，我想你可以把他称为一株植物，可他仍是我的弟弟奥立佛。"

劳伦的母亲怀奥立佛的时候，曾被一个煤气罐里漏出的煤气熏倒，劳伦的父亲把她抱出门外，才使她很快苏醒过来。

奥立佛出生后看起来十分健康、丰满、漂亮。几个月后，劳伦的母亲才意识到她可爱的宝宝竟然是个瞎子。后来，劳伦父亲逐渐地了解到，失明仅仅是问题其中的一部分。医生告诉劳伦的父母，对于奥立佛他们已经

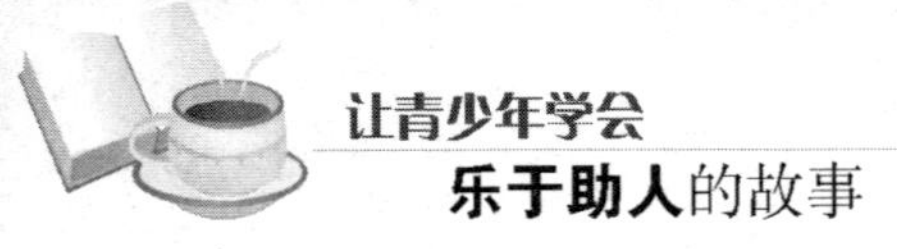

无能为力了，医生建议说："你们可以把他送到慈善机构去。"

但劳伦的父母坚持要带他回家并且好好地爱他。

在圣诞节，他们为奥立佛包好一盒婴儿麦片，放在圣诞树下；在七月的热浪中，他们用清凉的毛巾轻抚他汗湿的面颊；在他的床头，他们请来了教父挂上他的洗礼证书……

即使在奥立佛去世后的5年里，他也一直是劳伦所遇见的最为软弱、最为无助的人，然而他却又是最为强有力的人们中的一员。除了呼吸、睡觉和吃饭，他绝不可能做任何事，但是他却肩负着爱，激励着别人洞察世界的责任。

当劳伦还是孩子的时候，母亲常说："你能看见这个世界，这难道不是一件很奇妙的事吗？"她描述着："当你走进天堂，奥立佛会扑向你，拥抱你，他会对你说：'谢谢你。'"

当劳伦刚20岁出头时，他遇到了一个女孩并很快地坠入了情网。几个月以后，劳伦带着她去见自己的父母，劳伦问那女孩："你想看看奥立佛吗？"

"不!"她说。

不久，劳伦碰到了露易。到了该劳伦去喂奥立佛时，劳伦很为难地问露易是否愿意去看看奥立佛。

"那当然!"她回答说。劳伦坐在奥立佛的床边开始喂他，一匙，二匙。"我能喂他吗？"露易满怀同情地问劳伦。劳伦把碗递给了她……

这就是无力者独具的力量。他能使你知道该和哪个女孩结婚。如今，劳伦和露易已经有3个可爱的孩子了。

救百姓于水火之中

> 志当存高远。
>
> ——诸葛亮

在北朝的魏齐时候，现在的河北省赵县地方有个大善人叫李士谦。他从小死了父亲，年轻时曾在魏广平王府当过参军，自从母亲去世后，一直没有再做官。李士谦家在赵县是有名的大世族，非常富有。而他自己生活却很节俭，对别人很慷慨，常常施舍钱财，救济穷苦百姓，以助人为乐。

有一年闹春荒，许多人家断了粮，揭不开锅了。李士谦从粮仓里取出一万石粮食，借给乡里的缺粮户度荒。这年夏天又遇上了天灾，秋收也不好，借债的人无力偿还，都来向李士谦请求延期偿还。李士谦说："我借粮给乡亲们是为了帮助大家度荒，不是为了求利。今年受灾歉收，借的粮食就不用还了。"他怕欠债人不放心，特意备办了酒席，邀请他们来家吃饭。在吃饭时，他搬来一个火炉放在院子中间，然后将所有的借据都拿出来，放在炉子旁边的方桌上。李士谦走到桌前，拿起两叠借据对大伙说："这是乡亲们借粮的契约，现在当众烧毁，各位乡亲所借的粮，都不用还了。"说罢，将借据投入火炉，只见烈火熊熊，所有的借据都在顷刻间化为了灰烬。

到了第二年，风调雨顺，五谷丰登。那些借过李士谦粮食的人，都争先恐后地来还债。李士谦的大院子里挤满了人，他们齐声说："李参军去年救了我们的急，我们感激不尽，今年粮食丰收，理应偿还才是。契约虽然烧了，但我们心中都有数。若不还清借债，实在是过意不去，请李参军就收下吧！"李士谦拒绝收债。他对还债的农民说："去年的事不要提了。乡亲们有困难，我拿出点粮食救济大家算得了什么，今年虽然丰收了，但你们的家底都薄，日子还不宽裕，还是拿回去吧！"还粮的人好说歹说，他就是不收。

过了几年，赵县一带发生了特大旱灾，赤地千里，颗粒无收。老百姓没办法，饿得吃树皮草根，到处都是逃荒的饥民，真是哀鸿遍野，饿殍载道。李士谦看到这种情况，设了许多粥棚，每天两次供应饥民稀饭。由于李士谦的救济，得以生存下来的有上万人。他还拿出自己所有的钱财，收埋死者的尸骨。到了春天，他又拿出粮种，分给贫困户，帮助他们恢复生产。李士谦这种人道主义精神和慈善行为，受到了人们的赞扬，赵县的农民都很感激他，许多人抚摸着子孙的头说："这孩子是因为李参军的恩惠才活下来的。"

许多年后，赵县一带瘟疫流行，夺去了许多人的生命，更多的人则卧床不起。到处是死神的恐怖，到处是痛苦的呻吟和悲号。李士谦又尽自己的财力救死扶伤，一面掩埋死者的尸体，一面配制药品医治病人，并给他

们送去食物。他为此用掉了几万石粮食，却也在所不惜。

李士谦乐善好施30年，到隋文帝开皇八年的时候去世。赵县的男男女女听到这一噩耗，如丧父母，无不痛哭流涕。在李士谦出殡那天，从四面八方赶来参加葬礼的，多到万余人。人们身穿白色孝衣，头戴白色孝冠，捶胸顿脚，哭声震天。

发掘偏僻的山村

> 燕雀安知鸿鹄之志哉！
>
> ——陈涉

20世纪80年代，有一位精明的商人偶然来到一个偏僻的山村，这个小山村虽然离城市并不算远，但只因山路崎岖，几乎与世隔绝，几十户人家仅靠少量贫瘠的山地过日子，因此生活极为贫苦。全村人虽然也想脱贫致富，但却一直苦于无计可施。这位精明的商人一到这里马上感到这种落后的本身就是一种可贵的商业资源，便帮村里的长者们出了一条致富的绝妙计策。

不久，长者们便召集全村人商议，他们对村民们说："如今都是什么年代了，咱们村子里的人还过着和原始人差不多的生活，我们深感内疚和痛心！不过，大都市里的人过着现代化生活的时间长了，一定会感觉到乏味。咱们干脆走回头路，重新过原始人的生活，利用咱们的"落后"，一定会招来许多城里旅游的人。咱们呢，也可以借此机会做生意赚大钱。"

这一计谋立即赢得全村的掌声。从此，全村人便开始模仿原始人的生活方式，在树上搭房，披兽皮，穿树叶编织的衣服等。

不久，精明的商人便帮忙向新闻界透露这个"原始人"的小部落的信息，不久，发现原始部落的消息引起了社会各界的轰动。从此，成千上万的人都慕名而来，旅游、参观者络绎不绝，众多的游客为部落带来了可观的财富。小山村的人趁机做各种生意，终于富裕起来了。

原来是这样

燕雀戏藩柴，安识鸿鹄游。

——曹植

生活在日本明治时代下半时期的日本禅师白隐一向受到人们的称颂，说他是位生活纯洁的圣者。有一对夫妇是他的邻居，开着一家食品店。

突然有一天，夫妇俩突然发现女儿的肚子无缘无故大了起来。夫妇俩大为震怒，追问女儿男方是谁？女儿在一再苦逼之下，说出了“白隐”二字。

夫妇俩怒冲冲地找白隐算账，但白隐只有一句答话：“原来是这样。”

孩子生下来，就被送给了白隐，白隐虽已名誉扫地，但他并不介意，只是向邻居乞求婴儿所需的奶水和其他用品，非常细心地照料孩子。

一年之后，那位没结婚的年轻妈妈终于吐露了真情，孩子的亲生父亲是在鱼市工作的一名青年。她的父母将她带到白隐那里，赔礼道歉，并要把孩子带回去。

白隐在交回孩子时只轻声说了一句：“原来是这样。”

侄子生前的信

不要慨叹生活的痛苦！慨叹是弱者。

——高尔基

美国俄勒冈州波特南的伊莉莎白·康尼说：“在美国庆祝陆军在北非获

胜的那一天，我接到国防部送来的一封电报，我的侄儿——我最爱的一个人——在战场上失踪了。过了不久，又来了一封电报，说他已经死了。

“我悲伤得无以复加。在这件悲痛之事发生以前，我一直觉得生命于我多么美好，我有一份自己喜欢的工作，好不容易带大了这个侄儿。在我看来，他代表了年轻人美好的一切。我觉得我以前的努力，现在都得到了很好的回报……然而，我最后收到的竟是两份这样的电报，我的整个世界都粉碎了，觉得再也没有什么值得我活下去。我开始忽视我的工作，忽视我的朋友，我抛开了一切，既冷淡又怨恨。为什么我最爱的侄儿会死？为什么这么个好孩子——还没有开始他的生活——为什么他应该死在战场上？我没有办法接受这个事实。我悲伤过度，决定放弃工作，离开我的家乡，把我自己藏在眼泪和悔恨之中。

“就在我清理桌子，准备辞职的时候，我突然看到一封信。信是几年前我母亲去世时我侄子写给我的一封信。‘当然我们都会想念她的，’那封信上说，‘尤其是你。不过我知道你会撑过去的，以你个人对人生的看法，就能让你撑得过去。我永远也不会忘记你教我的那些美丽的真理：不论活在哪里，不论我们分离和相距多么遥远，我永远都会记得，你曾教我要微笑，要像一个男子汉，承受一切发生的事情。’

“我把那封信读了一遍又一遍，觉得他似乎就在我的身边，正在和我说话。他好像在对我说：‘你为什么不照你教给我的办法去做呢？撑下去，不论发生什么事情，把你个人的悲伤藏在微笑底下，继续过下去。’

“于是，我又回去工作。我不再对人冷淡无礼。我一再对我自己说：‘事情到了这个地步，我没有能力去改变它，不过我能够像他所希望的那样继续活下去。’我把所有的思想和精力都用在工作上，我写信给前方的士兵——给别人的儿子们；晚上，我参加了成人教育班——要培养出新的兴趣，结交新的朋友。我几乎不敢相信发生在我身上的种种变化。我不再为已经永远过去的那些事悲伤，现在我每天的生活里都充满了快乐——就像我的侄儿要我做到的那样。”

不放弃朋友

富贵不淫贫贱乐，男儿到此是豪雄。

——程颢

中国古代有这样一个故事：白敏中与贺拔基是好朋友，两人同到长安参加科举考试。这年的主考官是王起。王起知道白敏中出身望族，文才、人品皆上品，很赏识，有意取他为状元；但嫌弃他与贫寒的贺拔基交往过密，有点犹豫，便私下派人去劝说，暗示他："只要你不再和贺拔基来往，王主考就取你为状元。"白敏中听着，皱起眉头，没有答话。

恰好这时贺拔基来访，家人把他打发走了。白敏中得悉大发雷霆，立即把贺拔基追了回来，如实地将情况告诉他，并说："状元有什么稀奇的，不能因为考状元就不要朋友呀！"说毕，命家人摆起酒宴，与贺拔基开怀对酌。

说客看在眼里，气在心里，回去便一五一十地回禀王起，并从旁怂恿："这小子舍不得贺拔基，咱也不给他状元。"

谁知王起一反初衷，既取了白敏中，又取了贺拔基。原来白敏中宁要朋友不要状元的精神，熔化了王起那颗浸透了世俗偏见的心，他那真诚待人、恪守信义的品格赢得了人心。

规劝富兰克林

讲话气势汹汹，未必就是言之有理。

——萨迪《蔷薇园》

富兰克林年轻时，是一个骄傲自大的人，言行不可一世，处处咄咄逼人。造成他这种个性的最大原因是他的父亲过于纵容了他，从来不对他的这种行为加以训斥。倒是他父亲的一位挚友看不过去，有一天，把他唤到面前，用很温和的言语，规劝他一番。这番规劝，竟使富兰克林从此一改往日的行为，踏上了他的成功之路！

那位朋友对他说："富兰克林，你想想看，你那不肯尊重他人意见，事事都自以为是的行为，结果将使你怎样呢？人家受了几次你给的这种难堪后，谁也不愿意再听你那一味矜夸骄傲的言论了。你的朋友们将一一远避于你，免得受了一肚子冤枉气，这样你从此将不能再从别人那里获得半点学识。何况你现在所知道的事情，老实说，还只是有限得很，根本不管用"。

富兰克林听了这一番话，大受触动，深知自己过去的错误，决意从此痛改前非，处事待人处处改用谨慎的态度，言行也变得谦恭和婉，时时慎防有损别人的尊严。不久，他便从一个被人鄙视、拒绝交往的自负者，一变而成为到处受人欢迎、爱戴的成功人物了。他一生的事业也得力于这次的转变。

胸怀豁达的孟尝君

> 礼貌是快乐地做事情的方法。
>
> ——爱默生

战国时期，孟尝君曾经担任齐国的宰相，在各国声望都很高。他家中养了许多食客，其中有一位食客与孟尝君的小妾私通，有人将这事报告给了孟尝君，说："身为人家的食客，暗中却和主人的妾私通，实在是太不应该了，理当将他处死。"

孟尝君听后。只是淡淡地说了句："喜爱美女是人之常情，不必再提了。"

一年后，孟尝君召来那位食客，对他说："你在我门下已经有很长一段时间了，到现在还没有适当的职位给你，我心里十分不安。卫国国君和我私交非常好，我推荐你去卫国做官吧。”

于是，这位食客来到了卫国，受到卫君的赏识和重用。

后来，齐国和卫国关系恶化。卫国国君想联合各国攻打齐国。此人对卫君说：“臣之所以能到卫国来，全赖孟尝君不计前嫌，将臣推荐给大王。臣听说齐、卫两国的先王曾经相互约定，将来子孙之间绝不彼此攻伐，而陛下您却想联合其他国家去攻打齐国，这不仅违背了先王的盟约，同时也辜负了孟尝君的情谊。请陛下打消攻打齐国的念头吧。否则，我宁愿死在大王面前。”

卫国国君听后，佩服他的仁义，于是打消了攻打齐国的念头。

不必与邻居较劲

蜜蜂从花中啜蜜，离开时营营地道谢。浮夸的蝴蝶却相信花是应该向他道谢的。

——泰戈尔

宋朝的王禹偁经历过这样一件事，有一天，他正要拿起《庄子》来读，他的几个侄子跑进来，大声说：“不好了，我们家的旧宅被邻居侵占了一大半，不能饶他！”

王禹偁听后，说：“不要急，慢慢说，他们家侵占了我们家的旧宅地？”“是的。”侄子们回答。

王禹偁又问：“他们家的宅子大？还是我们家的宅子大？”侄子们不解其意，说：“当然是我们家宅子大。”

王禹偁又说：“他们占些旧宅地，于我们有何影响？”侄子们说：“没有什么大影响，虽无影响，但他们不讲理，就不应该放过他们！”王禹偁呵呵一笑。

随后，王禹偁指着窗外落叶，问他们："那树叶长在树上时，那枝条是属于它的，秋天树叶枯黄了落在地上。这时树叶怎么想?"侄子不明白含义。

王禹偁明言道："我这么大岁数，总有一天要死的，你们也有老的一天，也有要死的一天。争那一点点宅地对你有什么用?"

他们现在明白了王禹偁讲的道理，说："我们原本要告他们，状子都写好了。"

侄子呈上状子，他看后，拿起笔在状子上写了四句话："四邻侵我我从伊，毕竟须思未有时。试上含光殿基望，秋风衰草正离离"。

善良的郎中

> 应当耐心听取他人的意见，认真考虑指责你的人是否有理。
>
> ——达·芬奇

一个女孩儿出嫁了，出嫁之后，跟丈夫和婆婆住在一起。很快，婆媳不和的老故事同样发生在了她们身上。她们的性格有着天壤之别，她经常被婆婆的一些习惯搞得很生气。同样，婆婆对她也是百般挑剔，不断苛责。

日子一天一天地过去了，她和婆婆没有一天不吵闹和争斗。

后来，她再也受不了婆婆的坏脾气，决定不能再这样忍气吞声下去了。

于是，她去找父亲的一个朋友，卖中药的郎中。她将自己的处境告诉了他，并问他是否可以给她一些毒药，这样她双眼一闭，什么烦恼都没有了。

郎中想了一会儿，最后说："我可以帮你除掉你的婆婆，这样你就不用死了，我还能保证你平安无事。但你必须听我的话，按照我讲的去做。"

她说："是的，我会遵照你说的每个字去做。"

郎中进了里屋，几分钟过后从里面出来，拿着一包草药。他告诉她：

“你可以毒死你的婆婆，但是你不能用见效快的毒药，因为那样会让人怀疑到你。因此，我给你的几种中药是慢性的，毒性将会在你婆婆体内慢慢积聚。你最好天天都要给她做些鸡鱼肉类，再放少量的毒药在她的菜里面。还有，为了让别人在她死的时候不至于怀疑到你，你必须对她恭恭敬敬、如履薄冰。不要同她争吵，对她言听计从，对待她像对待一个王后。”她答应下来，她谢过郎中，急急赶回家，开始实施谋杀婆婆的计划。

几个星期过去了，几个月过去了，每一天，她精心制作有毒药的饭菜伺候婆婆。由于她想到计划的实施，所以每次都是毕恭毕敬的，不敢有任何闪失。日子就这样一天天过去了，她再也没有跟婆婆发生过一次争执。

婆婆对她的态度也改变了，不住地向邻里街坊和亲戚朋友夸她，说她是天底下能找着的最好的儿媳妇。

终于有一天，她又去见郎中，再次寻求他的帮助。她给郎中下跪哀求说：“天啊，请帮助我制止那些毒药的毒性，别让它们杀死我的婆婆！她已经变成一个好人，我爱她像自己的母亲一样。我不想让她因为我下的毒药而死。

郎中笑到：“放心好了，我从来没有给过你什么毒药，我给你的药不过是些滋补身体的草药，那只会增进她的健康的。”

为孩子的一生奠基

礼貌是儿童与青年所应该特别小心地养成习惯的第一件大事。

——约翰·洛克

在美国纽约市郊的一座小镇上，一个由24个孩子组成的班级被安排在教学楼最里面很不起眼的一间教室里。他们中所有的人都有过不光彩的历史，有人吸毒，有人进过少年管教所，有一个女孩甚至在一年之内堕过2次胎。家长拿他们没办法，老师和学校也几乎放弃了他们。

就在人人都认为他们无可救药的时候，一个叫爱伦的女教师接手了这个班。新学年开始的第一天，爱伦没有像以前的老师那样整顿纪律，先给孩子们一个下马威，而是为大家出了一道题。

有3个候选人，他们的经历分别是：

A：笃信巫医，有两个情妇，有多年的吸烟史，而且嗜酒如命；

B：曾经两次被赶出办公室，每天要到中午才起床，每晚都要喝大约1公升的白兰地，而且曾经有过吸食鸦片的记录；

C：曾经是国家的战斗英雄，一直保持素食的习惯，不吸烟，偶尔喝点酒，也大都只是喝一点啤酒，年轻时从未做过违法的事。

爱伦要求大家从中选出一位在后来能够造福人类的人。毋庸置疑，孩子们都选择了C。然而，爱伦的答案却让孩子们大吃一惊："孩子们，我知道你们一定都认为只有最后一个才是最能造福人类的人，然而你们错了，这3个人大家都很熟悉，他们都是二战时期的著名人物：A是富兰克林·罗斯福，身残志坚并连任四届美国总统；B是温斯顿·丘吉尔，英国历史上最著名的首相；C的名字大家也很熟悉，叫阿道夫·希特勒，是一个夺去了几千万无辜生命的法西斯恶魔。"孩子们都呆呆地瞅着爱伦，他们简直不相信自己的耳朵。

"孩子们，"爱伦接着说，"你们的人生才刚刚开始，过去的荣誉和耻辱只能代表过去，真正能代表一个人一生的是他现在和将来的所作所为。从过去的阴影里走出来吧，从现在开始，努力做自己一生中最想做的事情，你们都将会成为了不起的人才……"

孩子们先是愣住了，之后，教室里是一片抽泣声。没有人希望自己是坏孩子，即使他们以前有过劣迹。他们需要的是关怀和理解。

正是爱伦的这番话，改变了24个孩子一生的命运。如今这些孩子都已长大成人，其中的许多人已在自己的岗位上做出了骄人的成绩，有的成了心理医生，有的成了法官，有的成了航天员。值得一提的是当年班里那个个子最矮，也最爱捣乱的学生罗伯特·哈里林，今天已经成为华尔街上最年轻的基金经理人。

曾经的救助

老骥伏枥，志在千里；烈士暮年，壮心不已。

——曹操

成功人士张总谈起年轻时代的往事时依然满怀感激，他说他 18 岁时，接到一所师范大学的录取通知书。那时，父亲正病重，已在床上躺了一年。弟妹还小，正在中学读书。于是，他这个长子便在万般无奈之后捏着村旦的证明到区里的银行借钱。

接待他的是个 50 多岁，头发花白的老伯。他接过他的证明，略微一看，便抬起头细细地打量他。他心中不由惶惑起来，慌乱之中的他只穿了一条旧短裤与一件红背心，脚还赤着。良久，他才淡淡地说："你就是那个才考上大学的？"他轻轻地"嗯"了一声，便低头装着看自己的脚丫。那老伯放下手中的证明，摸着花白的头发在窄窄的室内踱起步来。他慌了，心想，这回准借不到钱，先前他曾听人说过，现在向银行借钱要先给红包再给回扣还要找经济担保人。可是他哪来的钱给红包给回扣找谁做担保？他想伸手去拿回证明，因为他先前已想好：万一借不到钱，他便不去读书而去广东打工。他不相信他不能靠自己的双手来养家。

"别动！"一声轻喝惊了他一跳。老伯慢慢踱过来，轻按他的手。"借多少？""起码要 3000 元。"他知道自己的学费要 2000 元，弟妹俩至少要 600 元，便轻轻地说了。"3000 元?! 能要这么多？"老伯惊疑地看着他。"是的，我三兄妹都读书。"老伯便不再说什么，坐在桌边签写着一张支票。

当他捏着一叠钱正准备走时，那位老伯突然走出来，站在他的面前，目光定定地望着我，手搭在他的肩上，用力摇了摇："小伙子，千万要好好挺着，以后的日子还很长。"那时，正是八月下旬，天气很闷热。他望着院外火辣的阳光，再看看手中的钱和那位老伯，泪便滚了下来。

进了学校，办理好一切手续后，他便骑着一辆租来的单车吱吱呀呀地在城里转悠了几天。终于找到了两份打工的差事：替人守书摊和当家庭教师。守书摊的摊主是个很和善的老头。他说他已经摆了近10年书摊，准备不摆了，可是他听说了他的境遇后便雇了他，说还想再摆几年。他照看书摊很是认真。时间久了，老头便夸他这样的人难得，准会有出息。可是令他伤心的是那个他教的学生的母亲却很刁蛮，不管刮风还是下雨，每次她都要求他准时到达。而且不管自己女儿的底子如何，一定要求他将她女儿的成绩提高到某种程度。她还说拿了钱就得办事，就得办好事。

委屈的他在一个雨后的中午与书摊的老头说起这事，老头听了，良久才抱起昏花的眼睛，说："再忍一忍，挺一挺吧，以后的日子还很长呢!"没想到在这异域他乡，又一个萍水相逢的人对他意味深长地说出这个"挺"字。他不禁泣然，也暗下决心一定要好好挺着。

就这样，他一次次挺了过去。他能自给自足了，不用跟家里伸手要生活费，在年终测评中居然还拿了二等奖学金。

大二时，父亲的病情慢慢好了起来。这时弟妹也相继接到大学与中专的通知书。那天，又是盛夏，他再次赤着脚冒着火辣辣的太阳去那家银行借钱。其时，他的贷款已达万元，银行的领导不想贷了，让他往别处想办法。

他没说什么，他知道他无法可想。他找到了那位曾给他签过借据的老伯。他没说什么，只将他带到银行主任那儿说借给他吧我担保。他的鼻子一酸，泪再一次流了出来。他知道这万元的巨款若用毕业后那二三百元的工资，就是待到猴年马月也还不清，他更知道届时银行将会对提供担保的人采取一定的措施。但没容他想下去，老伯便牵着他走了。老伯又一次摇摇他的肩："小伙子，好好挺着，以后的日子还长呢。"

是的，以后的日子还长，他该好好挺着。当去年九月的某天他将穿着一新的弟妹送到远方的城市时，这个信念又一次坚定起来。

百里奚推举贤能

> 虚伪的迎合是友谊的毒剂，诚恳的批评是友谊的厚礼。
>
> ——中国民谚

百里奚是春秋时期著名的政治家。百里奚早年贫穷困乏，流落不仕，百里奚辗转到虞国任大夫。秦穆公五年晋国借道于虞以伐虢国，在灭虢之后，返回时就灭了虞国，虞君及百里奚被俘。后来，晋献公把女儿嫁给秦穆公，百里奚被当作陪嫁小臣送到了秦国。他以此为耻，便从秦国逃到宛，楚人把他当作奸细，绑了起来问他做什么的？他说他是虞国人，亡国出来逃难的。楚人便叫他养牛，不久他养的牛比别人的都强壮，楚人便称他为“看牛大王”，连楚王也知道了他的名号，就叫他到南海看马。秦穆公听说百里奚贤智，想用高价赎回他，又怕楚人不许，就派人对楚国人说：“吾媵臣百里奚在焉，请以五羖羊皮赎之。”楚国人同意将百里奚交还秦国。百里奚回到秦国，秦穆公亲自为他打开囚锁，向他询问国家大事。秦穆公与百里奚谈论国事数日，秦穆公十分赏识他，授以国政，号称：“五羖大夫”。这时他已是70多岁的高龄。

后来他又向秦穆公推荐了蹇叔。百里奚对秦穆公说：“我的朋友蹇叔，十分贤能，但是世上没有人知道。以前我游历齐国的时候，曾经困窘得向当地人讨饭吃，是蹇叔收留了我。因此我就想让蹇叔举荐我侍奉齐国国君，蹇叔制止了我，我当时认为他小肚鸡肠，没有君子风度。等到齐国发生内乱的时候我才明白了他的一片苦心。于是我到了周天子所在地。周王子颓喜欢牛，我就借养牛来寻找接近他的机会。后来等到颓想要任用我时，蹇叔劝阻我，我便离开了周朝，因此免于被诛杀。我侍奉虞国国君，蹇叔又适时劝阻我。我虽然知道虞国国君不能重用我，但我私下里确实是为了贪图爵禄和钱财，于是就暂且留了下来。我两次采纳了他的意见，都免于灾难；一旦不听从他的意见，就遭受了虞国亡国的灾祸。可见蹇叔远见卓识，目光长远。因此我知道蹇叔贤能。”

秦穆公觉得百里奚说得有理，况且为人正直的人推荐的人想必也不会错的。于是秦穆公派人用贵重的礼物迎请蹇叔，任用他为上大夫。

苏轼义还房屋

> 有礼貌不一定是智慧的标志，但是缺乏礼貌却一定使人显得愚蠢。
>
> ——中国民谚

苏轼是历史上的大文豪，他的诗文书画皆脍炙人口。而令人扼腕称绝的是，苏轼的人格和他的诗文书画一样，风格高绝。

苏轼从海南的放逐地回来，暂时住在了阳羡这个地方。当时邵民瞻和东坡两人交好，经常一块出去游山玩水。邵民瞻给苏轼买了一处房子，价值500缗钱，这几乎是苏轼全部的积蓄。

在挑选了良辰吉日正准备要搬进去的时候的一天晚上，两人出去赏月，信步行去，来到了一个村子，听见有个女的在大声哭泣，两个人甚是疑惑，便上前一探究竟，推开一扇门，见到了一个老妇人。苏轼问她为什么这么哀伤，老妇人抽泣着说：“我有一个老宅子，从祖上已传了100多年，我的儿子不争气，把它卖了今天刚刚搬出来，百多年的旧居，说离开就离开了，心里难受，所以才禁不住哭出声来。”

苏轼听了也替老人感到难受，又问她故居在什么地方，无巧不巧，刚好就是他花钱买的那处宅子。苏轼再三婉言相劝，对老妇人说：“你的那处老宅是我买的，我事前也不知道房子对您来说如此重要，老人家不要太伤心，我这就把它还给你。”

当即派人取了买房的文书在老妇人面前烧掉，并找来她的儿子送她回到旧宅，分文不取就把房子送还了他们。

容忍下属的缺点

生活最重要的是礼貌，它比最高的智慧，比一切学识都重要。

——赫尔岑

北宋名相张齐贤在做江南转运使的时候，有一次在家里举办宴会，宴会结束后，众仆人收拾残局，一个仆人偷了好几件银器藏在怀中，不小心被张齐贤从帘后看见，他当时视若无睹，不管不问。

后来张齐贤三次担任宰相之职，手下的大小仆人差不多都谋得一官半职，唯独偷银器的仆人一无所获。有一天这个仆人实在按捺不住，就找机会对张齐贤说："我侍候大人您时间最长，比我来得晚的都被你提拔了，为什么单单不提拔我呢？难道您认为我不够忠心吗？"仆人越说越难过，后竟痛哭失声。

张齐贤长叹一声，说："我实在不想说，偏偏你还因此埋怨我。你记得我在江南任上时你偷银器的事吗？这件事我隐忍了 30 年，就是你也不知道内情，如今我当了宰相，有任命或处分文武百官的权力。可是我的志向是选拔贤才，斥退奸佞，又怎么能推荐一个小偷做官呢？念在你侍奉我这么长时间，我给你一大笔钱，你离开我这儿，自谋生路去吧！"

仆人大惊失色，无地自容，唯唯诺诺地哭着走了。

胸怀坦荡的王修

人敬我一尺，我敬人一丈。

——中国民谚

东汉末年的孔融在北海做官时，任命王修为主簿。再后来又举荐他任

孝廉一职，可是王修执意要把这个职位让给邴原。孔融对他说："我已经知道邴原是个很贤德的人，以前高阳氏颛顼担任部落联盟首领时有8个才子，尧不能任用，舜加以保举。邴原可以说十分贤德，不因为没有地位患得患失。你能够以大家风范，不惜自己利益举荐他，可见你的为人刚正直率。你就把举荐邴原的机会留给后来的贤才，可以吗?"

王修再次拒绝推辞。

孔融回答说："在官府中当官应该廉洁清正，能忍受种种苦难，要有智谋不犯错误，教化百姓不知疲倦。我欣赏你的功劳，奖赏你的美德，所以才提升你在官府中做官，难道你能够推辞吗?"于是王修接受。

后来郡中有造反的，王修连夜跑到孔融的住处帮忙。叛贼刚刚行动，孔融就对左右说："能冒险来帮助我的，只会有王修一个人。"话刚说完，王修就到了。

从此每当孔融有危险，王修虽然已经不在任上，但从没有不去帮助孔融的时候，孔融因此经常能够躲避灾祸。

巧妙救人的东方朔

人无远虑，必有近忧。

——孔子

汉武帝有个奶妈，汉武帝就是由她从小带大的。历史上皇帝的奶妈经常出毛病，问题大得很。因为皇帝是她的干儿子，这奶妈的无形权势，当然很高，因此，常常在外面做些犯法的事情。汉武帝知道了，准备把她依法严办。皇帝真发脾气了，就是奶妈也无可奈何，只好求救于东方朔。

汉武帝有两个很喜欢的人，一个是东方朔，经常以他的幽默、滑稽说笑话，把汉武帝弄得啼笑皆非。但是汉武帝很喜欢他，因为他说的做的都很有道理。另一个是汲黯，他人品道德好，经常在汉武帝面前顶撞他，他讲直话，使汉武帝下不了台。由此看来，这位皇帝独对这两个人能够容纳重用，虽然官做得并不很大，但非常亲近，对他自己经常有中和的作用。所以，东方朔对汉武帝而言，是十分重要的人。

奶妈想了半天，不能不求人家。皇帝要依法办理，实在不能通融，只好来求他想办法。他听了奶妈的话后，说道：此非唇舌所争——奶妈，这件事情，只凭嘴巴来讲，是没有用的。因此，他教导奶妈，你要我真救你，又有希望帮得上忙的话，等皇帝下命令要办你的时候，叫人把你拉下去你被牵走的时候，什么都不要说，皇帝要你滚只好滚了，但你走两步，便回头看看皇帝，走两步，又回头看看皇帝，千万不可要求说："皇帝！我是你的奶妈，请原谅我吧！"否则，你的头将会落地。你什么都不要讲，喂皇帝吃奶的事更不要提。或者还有万分之一的希望，可以保全你。

东方朔对奶妈这样吩咐好了，等到汉武帝叫奶妈来问："你在外面做了这许多坏事，太可恶了！"叫左右拉下去法办。奶妈听了，就照着东方朔的吩咐，走一两步，就回头看看皇帝，鼻涕眼泪直流。

东方朔站在旁边说："你这个老太婆神经嘛！皇帝已经长大了，还要靠你喂奶吃吗？你就快滚吧！"

东方朔这么一讲，汉武帝听了很难过，心想自己自小在她的手中长大，现在要把她绑去砍头，或者坐牢，心里也着实难过，又听到东方朔这样一骂，便想算了，说："免了你这一次的罪吧！以后可不能再犯错了。"

善解人意的薛宝钗

勿以恶小而为之，勿以善小而不为。

——刘备

在《红楼梦》中，黛玉、宝玉和宝钗构成了一种微妙的"三角"关系。对于宝钗与宝玉的亲近，孤傲清高的黛玉自然心酸嫉妒，把宝钗视为"情敌”、“心腹之患”，因而每有机会，黛玉总要对宝钗贬损一番。然而宝钗总是采用恰当而巧妙的办法予以化解，对于黛玉无关紧要的敌意，她不以理睬；对于某种有辱人格的讽刺挖苦，予以适当的回敬；一旦发现了转机便紧紧抓住，努力争取和解。

有一次，贾母等人猜拳行令随意玩乐，黛玉无意中说出了几句《西厢记》和《牡丹亭》中的艳词。黛玉这样的名门闺秀怎么能读禁书，说艳词？这会被人指责为大逆不道。好在许多读书很少的人没有听出来，但此事瞒得过别人却瞒不过宝钗，然而宝钗却没有感情用事，图一时痛快，借此机会让黛玉难堪。

事后，到了背地里，宝钗便叫住黛玉，笑道："好个千金小姐，好个尚未出阁的女孩儿！满嘴说的是什么？"她先给黛玉来个下马威，让对方感到问题的严重。黛玉只好求饶说："好姐姐，你别说与别人，我以后再也不说了。"宝钗见她满脸羞红，不再往下追问。这种适可而止、宽容的态度又让黛玉觉得感激，宝钗还设身处地、循循善诱地开导黛玉在这些地方要谨慎一些才好，以免授人以柄。一席话说得黛玉垂下头来吃茶，心中暗服，只有答应一个“是了”。

此事之后，宝钗守口如瓶，没有向任何人透露一点黛玉失言之事。她的信守诺言，使黛玉改变了对她的成见。黛玉诚恳地对她说："你素日待人固然是极好的，然而我又是多心的，竟没有一个人像你前日的话那样教导我……"至此，宝钗和黛玉已达成和解。宝钗的最大优点、可爱之处就是善解人意，珍重友情。她并不以和解为止，而是和解之后对黛玉关怀体贴，加深相互之间的感情。

她深知黛玉心中的苦楚，黛玉生病，她来探望，当得知黛玉怕别人说三道四而不愿熬燕窝的时候，立刻将自己家的燕窝送给黛玉吃。当黛玉悲叹自己孤苦伶仃的时候，她便劝慰道："你放心，我在这里一日便与你消遣一日。你有什么委屈烦难只管告诉我，我能解就替你解一日。"如此劝慰体贴，便使黛玉觉得宝钗到底是个可以相伴谈心的知己，自然更加亲近。宝钗又说："我虽有个哥哥，但你也是知道的，只有个母亲比你略强些，咱们是同病相怜！"一个“同病相怜”，一下子使两颗心紧紧贴在一起。宝钗如此善解人意，又很会说话，怎能不使原先对她抱有敌意的黛玉视她为可靠的知己呢？

田叔冒死烧证据

> 机遇只偏爱那些有准备的头脑。
>
> ——巴斯德

西汉初期，汉景帝的弟弟梁孝王曾积极活动，想争取帝位。梁国原先的宰相袁盎对梁国和梁孝王的情况比较了解，便将梁孝王有意争取帝位的事告知景帝。孝王怀恨在心，就找个机会指使人刺杀了袁盎。此时的袁盎是朝中重臣，忠于景帝。

景帝听说袁盎之死与梁孝王有关，再想起梁孝王平时来京透出与自己争取帝位之意，很是生气，便想借此机会发难梁孝王。为了搜集证据，汉景帝就命令田叔去梁国查处梁王的案子。

田叔到达梁国后，经调查得知，袁盎之死确实与梁王有关，原来，是梁王亲自指使身边的手下人所为，并且证据确凿，供词详细。田叔调查完毕后，驱车回朝。在走到梁国边界的时候，田叔让车马停下来，命人将证据和供词全从车上搬下来，然后放火把一堆写满证据和供词的竹简全都烧了。

随行的官员大吃一惊，不解地说："皇上派您来查梁王的案子，事情完全属实，如今您把证据和供词全部烧毁了，怎么回去复命？这可是杀头的大罪啊。您这样做，也太武断、太糊涂了。把证据和证词去交给皇上，让皇上去处理，不是很好吗？"田叔也不加解释。

田叔空着手回到京城。景帝问："袁盎之死与梁王有关吗？"田叔答："袁盎是梁孝王亲自指使其手下人刺杀的。"景帝脸色带怒，又问："梁王还有什么事？"田叔答："臣还查出梁王有争取帝位，一心想当皇帝的迹象。"

景帝听后脸色凝重，问："口说无凭，你去这么长时间搜集到有力的证据和供词没有？"田叔答："写有证据的证词和竹简足足装了一大车。"景帝急忙问："在哪里，快拿来给朕看看。"田叔答："证据和供词不在这里。"景帝问："在哪里。"田叔说："我把证据和证词全都用火烧掉了。"

景帝一听，大怒，说："朕让你查袁盎的案子，你却把证据和供词烧了，谁让你烧的？朕让你忙活那么长时间是让你最后把证据烧了吗？朕信任你才让你去办理此案，没想到你竟然这样，太令朕失望了。你自作主张，违背朕的意思，依法当诛。"

田叔从容地说："就算皇上现在把我全族都灭了，我也要把它们烧了。皇上不要再追究梁王的事了。"

景帝不解，问："为什么？"

田叔说："我知道袁盎是皇上的宠臣，袁盎被杀皇上心疼，也使皇上威严受损。但袁盎毕竟是外人，而梁王是皇上的弟弟，是弟弟亲还是宠臣亲呢？"

景帝说："王子犯法与庶民同罪，朕的弟弟也要遵守国法。"

田叔说："外人可并不这么看，并不认为皇上是为了维护国法的尊严，而会认为皇上借袁盎案件之机，诛杀自己的亲弟弟。这将陷皇上于不仁不义不孝之中。"景帝沉思片刻说："可是梁王到处活动，想继帝位，且有谋反之心，我不杀他，朝廷和百姓都将有灾难。"

田叔说："梁王是皇上的亲弟弟，想继帝位在情理之中，至于谋反，我看梁王不会，也没有证据表明梁王拥兵谋反。"又说："皇上，眼下窦太后宠爱梁王是有目共睹的事，窦太后掌有虎符，在君臣中很有影响力，有太后在，皇上能杀得了梁王吗？况且，皇上和梁王毕竟是亲兄弟，你们不团结，别人会从中渔利的，您杀梁王正是令其他王爷高兴的事，请皇上三思。"

景帝听后，沉思良久，对田叔大加赞赏，封他为鲁国的宰相。后来，梁王与景帝一心，平定了七国之乱，巩固了汉室天下。

保存面子的劝说

> 纸上得来终觉浅，绝知此事要躬行。
>
> ——陆游

张咏与寇准是相交很深的朋友，他一直想找个机会劝劝寇准多读些书。

因为身为宰相，关系到天下的兴衰，学问理应更多些。

恰巧时隔不久，寇准因事来到陕西，刚刚卸任的张咏也从成都来到这里。老友相会，格外高兴。临分手时，寇准问张咏："何以教准?"

张咏对此早有所考虑，正想趁机劝寇准多读书。可是又一琢磨，寇准已是堂堂的宰相，居一人之下，万人之上，怎么好直截了当地说他没学问呢？张咏略微沉吟了一下，慢条斯理地说了一句："《霍光传》不可不读。"

当时，寇准弄不明白张咏说这话是什么意思，可是老友不愿就此多说一句，说完后就走了。

回到相府，寇准赶紧找出《汉书·霍光传》，他从头仔细阅读，当他读到"光不学无术，暗于大理"时，恍然大悟，自言自语地说："这大概就是张咏要对我说的话啊!"

当年霍光任大司马、大将军等要职，地位相当于宋朝的宰相，他辅佐汉朝立有大功，但是居功自傲，不好好学习，不明事理。

寇准是北宋著名的政治家，为人刚毅正直，思维敏捷，张咏赞许他为当世"奇才"。

所谓"不学无术"，是指寇准不大注重学习，知识面不宽，这就会极大地限制寇准才能的发挥，因此，张咏劝寇准多读书加深学问，既客观又中肯。然而，说得太直，对于刚刚当上宰相的寇唯来说，面子上不好看，而且传出去还影响其形象。

张咏知道寇准是个聪明人，以一句"《霍光传》不可不读"的赠言让其自悟，何等婉转曲折，而"不学无术"这个连常人都难以接受的批评，通过教读《霍光传》的委婉方式，使当朝宰相也愉快地接受了。

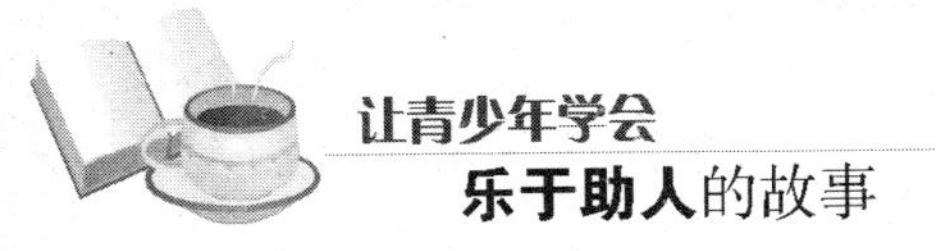

助人不居功的郭解

> 衡量一个人的真正品格，是看他在知道没人看见的时候干些什么。
>
> ——孟德斯鸠

汉代有位大侠名叫郭解。有一次，洛阳某人因与他人结怨而心烦，多次央求地方上有名望的人士出来调停，对方就是不给面子。后来他找到郭解门下，请他来化解这段恩怨。

郭解接受了这个请求，亲自上门拜访委托人的对手，做了大量的说服工作，好不容易使这人同意了和解。照常理，郭解此时不负人托，完成这一化解恩怨的任务，可以走人了。可郭解还有高人一着的棋，有更巧妙的处理方法。

一切讲清楚后，他对那人说："这个事，听说过去有许多当地有名望的人调解过，但因不能得到双方的共同认可而没能达成协议。这次我很幸运，你也很给我面子，让我了结了这件事。我在感谢你的同时，也为自己担心，我毕竟是外乡人，在本地人出面不能解决问题的情况下，由我这个外地人来完成和解，未免会使本地那些有名望的人感到丢面子。"他进一步说："这件事这么办，请你再帮我一次，从表面上要做到让人以为我出面也解决不了问题。等我明天离开此地，本地几位绅士、侠客还会上门，你把面子给他们，算作他们完成此一美举吧。拜托了。"

郭解把自己的面子扯下来，决意送给其他有名望的人，其心境之高，其心态之平，实在令人感佩。

助人是人格的升华

挽救灵魂的圣母

美是到处都有的，对于我们的眼睛，不是缺少美，而是缺少发现。

——《周易·否》

路易斯·劳斯于1921年出任美国星星监狱的监狱长，那是在美国出了名的最难管理的监狱。可是当劳斯20年后退休时，该监狱却成为一所提倡人道主义的模范机构。研究报告将功劳归于劳斯，当他被问及使监狱改观的原因时，他说："这一切都得益于我已去世的妻子凯瑟琳，她就埋葬在监狱的外面。"

凯瑟琳是3个孩子的母亲。劳斯成为星星监狱的监狱长的时候，每个人都警告她千万不要踏进监狱半步，但是这些话没有拦住凯瑟琳的脚步！当第一次举办监狱球赛时，她带着3个可爱的孩子走进了体育馆，与服刑人员们坐在一起。

她的态度是："我要与丈夫一道关照这些人，我相信他们也同样会关照我的，所以我不必担心什么！"

一名被定有谋杀罪的犯人瞎了双眼，凯瑟琳知道后便前去看望他。她握住他的手问："你学过点字阅读法吗？"

"什么是'点字阅读法'？"他问。

于是她教他阅读。多年以后，这人每逢想起她的爱心还会流泪不已。

凯瑟琳曾经在狱中遇到一个聋哑人，为了帮助这个聋哑人，她自己到聋哑学校去学习手语。许多人都说她是圣母的化身。在 1921 年至 1937 年间，她经常造访星星监狱。

后来，她在一起交通意外事故中丧生。第二天，劳斯没有来上班，代理监狱长暂代他的工作。消息似乎立刻传遍了监狱，大家都知道出事了。接下来的一天，她的遗体被放在棺材里运回家，她家距离监狱只有 0.75 英里。

代理监狱长早晨散步的时候惊愕地发现，一大群平时看来最凶悍、最冷酷的囚犯，竟如同牲口般地齐集在监狱大门口。他走近去看，见有些人脸上竟带着悲哀和难过的眼泪。他知道这些人极其热爱凯瑟琳，于是转身对他们说："好了，各位，你们可以去，只要今晚记得回来报到！"然后他打开监狱大门，让一大队囚犯走出去，在没有守卫的情况之下，走近 1 英里路去看凯瑟琳最后一面。

结果，当晚每一位囚犯都赶了回来报到，无一例外！

永世难忘的陌生人

> 老吾老以及人之老，幼吾幼以及人之幼。
>
> ——孟子

当时号称"不沉之船"的泰坦尼克号豪华客轮，在它 1912 年 4 月 14 日向美洲进发的处女航中，不幸触到冰山遇难，船身开始下沉。

船上 2200 多名乘客开始惊慌地离开沉船，争先恐后地争乘为数不多的救生艇，根据规则，妇女和儿童先上。这时候，一名中年妇女对着一只已坐满人的救生艇大声喊道："有谁能给我让个位置出来吗？我的两个孩子在这只艇上！"

有人回答说："再没有位置了，再上人，这艇就要沉了！"

"妈妈——"两个小孩子眼看就要与妈妈离开，忍不住哭喊起来，中年妇女心如刀绞。

坐在两位孩子身边的一位陌生姑娘慢慢地站了起来，离开救生艇，重新回到了即将沉没的船上，对那位心痛欲绝的母亲说："现在你的孩子们身边有个空位置，你快上吧。我还没有结婚，没有孩子！"

两个小时以后，泰坦尼克号沉没，这位陌生的姑娘同船上1500多人不幸遇难。没有人了解她更多的情况，只听说她叫艾文思，独自乘船准备回自己在波士顿的家。

把鲜花送到孤儿院

> 你若要喜爱你自己的价值，你就得给世界创造价值。
>
> ——歌德

连续好几年，守墓人每星期都收到一个素不相识的妇人的来信，信里附着钞票，要他每周给她儿子的墓地放上一束鲜花。

后来有一天，他们见面了。那天，一辆小车开来停在公墓的大门口，司机匆匆来到守墓人的小屋，说："夫人在门口的车上，她病得走不动，请你去一下。"

一位上了年纪的妇人坐在车上，表情有几分高贵，但眼神哀伤，毫无光彩。她怀抱着一大束鲜花。

"献花？"守墓人问道。

"对，给我儿子。"

"我一次也没忘了放花，夫人。"

"今天我亲自来，"夫人温柔地说，"因为医生证实我活不了几个礼拜。死了倒好，活着也没意思了。我只是想再看一眼我儿子。所以亲手来放一些花。”

守墓人眨巴着眼睛，苦笑了一下，决定再讲几句：“我说，夫人，这几年您常寄钱来买花，我总觉得可惜。”

“可惜？”

“鲜花搁在那儿，几天就干了。没人闻，没人看，太可惜了！”

“你真的是这么想的？”

“是的，夫人，你别见怪。我是想起来自己常去孤儿院，那儿的人可爱花了。他们爱看花，爱闻花。那儿都是活人，可这墓地里有哪个是活着的？”

老夫人没有作声。她只是默默地祷告了一阵儿，没留什么话便离去了。守墓人后悔自己说的一番话太欠考虑，这会使她受不了的。

可是几个月后，那位老妇人又忽然来访了，把守墓人惊得目瞪口呆：她这回是自己开着车来的。

“我把花都给了孤儿院的孩子们了。”她友好地向守墓人微笑着，“你说得对，他们看到花可高兴了，这真叫我快活！我的病好转了，医生也不明白是怎么回事，可是我自己很明白，我觉得活着还有些用处。”

最终的抉择

生活永远不像我们想象的那样好，但也不会像我们想象的那样糟。

——莫泊桑

他一个人来到纳什维尔，希望成为一名流行音乐节目的主持人。然而，他却四处碰壁，现在他口袋里只剩下最后的一美元了，可他怎么也舍不得把它花掉，因为上面满是他喜爱的歌星们的亲笔签名。这天早晨，他在停车场遇到了一名坐在破旧汽车里的男子，并和他攀谈起来。交谈中，他了解到，男子是到这里来应聘的，但因为早到了三天，所以无法立即工作。而他口袋里又没有钱，只好待在车里不吃不喝地干等着。男子踌躇了一会儿，然后红着脸问他是否可以借给自己一美元买点吃的，日后再还他。

可是，他自身也难保。他向男子解释了自己的困境，不忍心看到男子失望的表情而转身离去。刹那间，他想到口袋里的那一美元。犹豫了片刻，终于下了决心。他走到车前，把钱递给了男子。男子热泪盈眶。而后他尽量不去想这珍贵的一美元。

然而时来运转，就在当天早晨，一家电台通知他去录节目。从那以后，他一炮打响，成为正式的节目主持人，再不用为吃穿用度而发愁。他再没见过那辆汽车和那名男子。

有时候，他在想那男子到底是乞丐还是上天派来的使者。但有一点是清楚的，这是他人生碰到的一次至关重要的考试——他通过了。

救命的敲击声

希望是生命的源泉，失去它生命就会枯竭。

——富兰克林

萨克雷的高烧依然不退。做了透视检查后发现胸部有一个拳头大小的阴影，医生怀疑是肿瘤。他的同事们纷纷去医院探视。回来的人说："有一个女的，名叫德丽丝，特地从纽约赶到加州来看萨克雷，也不知是萨克雷的什么人。"又有人说："那个叫德丽丝的可真够意思，一天到晚守在萨克雷的病床前，喂水喂药端便盆，看样子跟萨克雷可不是一般的关系呀。"

就这样，去医院探视的人几乎每天都能带来一些关于德丽丝的花絮，不是说她头碰头给萨克雷试体温，就是说她背着人默默流泪。更有人讲了一件令人不可思议的奇事，说萨克雷和德丽丝一人拿着一把叉子敲饭盒玩。德丽丝敲几下，萨克雷就敲几下，敲着敲着，两个人就神经兮兮地又哭

又笑。

心细的人还发现，对于德丽丝和萨克雷之间所发生的一切，萨克雷的妻子居然没有表现出一丝一毫的醋意。于是，就有人毫不掩饰地艳羡起萨克雷的艳福来。十几天后，萨克雷的病得到了确诊，肿瘤的说法被排除。

不久，萨克雷就喜气洋洋地回来上班了。有人问起了德丽丝的事。萨克雷说："德丽丝是我以前的邻居。大地震的时候，德丽丝被埋在了废墟下面，大块的楼板在上面一层层压着，德丽丝在下面哭。邻居们找来木棒、铁棍打算撬开楼板，可说什么也撬不动，就说等着用吊车吧。德丽丝在下面哭得嗓子都哑了，她害怕呀，她父母的尸体就在她的身边。

"天黑了，人们纷纷谣传大地要塌陷，于是就都抢着去占铁轨。只有我没有动。我家就我一个人活着出来了，我把德丽丝看成了唯一可以依靠的人，就像德丽丝依靠我一样。我对着楼板的空隙冲着下面喊：'德丽丝，天黑了，我在上面跟你作伴，你不要怕呀……现在，咱俩一人找一块砖头，你在下面敲，我在上面敲，你敲几下，我就敲几下——好，开始吧。'她敲一下，我就也敲一下，她敲了几下，我便也敲了几下……渐渐地，下面的声音弱了，断了，我也眯眯瞪瞪地睡去。不知过了多长时间，下面的敲击声又突然响起，我慌忙捡起一块砖头，回应着那求救般的声音，德丽丝颤颤地喊着我的名字，激动得哭起来。第二天，吊车来了，德丽丝得救了——那一年，德丽丝 11 岁，我 19 岁。"

女同事们的鼻子有些酸，男同事们一声不吭地抽着烟。在这一份莹洁无瑕的生死情谊面前，人们为自己心中无端飘落下来的尘埃而感到汗颜。也就在这短短一瞬间，大家倏然领悟了，生活本身要比所有挖空心思的浪漫猜想都更加迷人。

不轻言放弃

> 我的最高原则是：不论对任何困难都绝不屈服。
>
> ——居里夫人

在一个炎热、晴朗的夏日。修道院派修女奥丽斯去给山下的一位老渔翁捎个口信，但不巧的是，渔翁不在家。在返回山上的途中，她来到一处可眺望大海的地方。她从没见过海水像今天这样湛蓝，船帆像今天这样洁白。她痴迷地向地平线方向眺望了很久。就在她将要离开时，她忽然发现距海滩1英里远的礁石上躺着一个人。奥丽斯急忙来到海滩，鞋也没脱就趟进了海水，向那人走去。

走到跟前时，她看出那是一个十五六岁的男孩，长着金黄的头发，又高又瘦。他一动不动地躺着，头上有一道很深的伤口。她听了听他的心脏，他还活着。于是她坐在他身边，帮他洗净了伤口。他是那样年轻，皮肤像婴儿一样光滑。她想背他上岸，但他太重。怎么办呢？渔翁家此时空无一人，修道院又太远，她不可能在海潮涌来之前去修道院喊来帮手。

最后她脱下身上的黑袍，垫在了男孩的头下。她又听了听他的心脏，想唤醒他，却做不到。她便开始祈祷上苍。海水逐渐涨了上来，她已经打算和男孩一块儿死了。就在这时，男孩发出了一阵咕哝声，片刻后他苏醒了，他向四处望了望，坐了起来。

“你得赶快向岸上游去，”奥丽斯说，“海潮就要来了。如果你呆在这儿，会被淹死的。如果你现在游，还能游到岸上。”

他挣扎着站了起来。

“你必须游。”奥丽斯又说了一遍。

“我——我的头一定被礁石撞伤了。你怎么知道我在这儿的？”

“我路过这儿，看见了你，当时水还不深。”

“你——你不会游泳?”

“是的，我不会。”

“你本来可以独自上岸的，却一直呆在这儿救护我?你不知道海水会淹上来吗?”

“我老了，以后的日子不长了，可你还那样年轻，你的母亲一定……”

那男孩跪了下来向岸上望去，仿佛是在目测距离。

“把你的大鞋子脱下来好吗?”男孩说。

她看着他，仿佛不明白。

他解释说，这样可以减轻重量，他必须这样才能使两个人都上岸。他是一个游泳好手，但如果她穿戴得太重的话……

她立刻照他说的办了。在两个人的共同努力下，他们终于都游上了岸。

帮助他人发掘自己

> 夫仁者，己欲立而立人，己欲达而达人。
>
> ——孔子

在一百多年前的美国费城，有位名叫拉塞尔·康韦尔的博学的牧师。他曾为创办一所服务于贫穷学生的大学所需的150万美元奔波了5年，但却收效甚微。

后来他在受到一个偶然的启发后，意识到应当从自身的内部潜能挖掘开始，发挥自己的优势，满足他人的需要。在满足他人需要的同时，也满足自己建一所大学的愿望。在经过理智地分析、论证后，他决定利用自己做牧师的有利条件，发挥自己所拥有的知识才能，撰写演讲稿，引导和满足人们向善的心理需要，通过举办演讲，用演讲赚到的钱，实现筹建大学的愿望。

经过细致、周密的思索，康韦尔选取了一个新的角度，来阐发他的演讲主题。

他在演讲中讲了这样一个故事：有个农夫拥有一块土地，靠着辛勤的耕作，日子过得很不错。后来他听说，如果在一亩地下面有金子的话，那只要抓一把就可以富得难以想象。于是农夫把自己的地卖了，离家出走，四处寻找有金子的地方。他走向遥远的异国他乡，但最终也未能发现有金子的宝地。就这样，一晃 15 年过去了，最后他囊袋空空，一贫如洗。一天晚上，他在异国他乡绝望地自杀了。

过了不久，那个买下农夫这块地的人，在耕种土地时，意外地发现了埋在地下的金子。后来就在这块土地下面发现了一座金矿。这个故事，非常发人深省，他提醒每个人，财富只属于自己去发掘的人；财富只属于依靠自己土地的人；财富只属于相信自己能力的人。

康韦尔带着他这个帮助别人发掘自己的故事，从自身做起，演讲了 7 年。在这 7 年当中，他赚的钱大大地超出了他建一所大学所需的数目。今天，这所大学矗立在宾夕法尼亚的费城。这就是著名的坦普尔大学。

帮助他人才是成功

世界上最快乐的事，莫过于为理想而奋斗。

——苏格拉底

美国著名的汽车工业的巨头福特曾经特别欣赏一个年轻人的才能，他想帮助这个年轻人实现他的梦想。可这位年轻人的梦想却把福特吓了一大跳：他一生最大的梦想竟然是在自己的人生中赚到 1000 亿美元——超过当时福特财产的 100 倍。

福特吃惊地问他："你要那么多钱干什么？"

年轻人迟疑了一会儿，说："老实讲，我也不知道，但我觉得只有那样才算是成功的。"

福特思索了一会儿，说："一个人如果真的拥有那么多钱的话，将会威胁到整个世界，我看你还是再考虑考虑这件事吧。"

在此后长达5年的时间里，福特拒绝见这个年轻人，直到一天这位年轻人告诉福特，他想为广大的贫穷学生创办一所大学，他自己已经拥有了10万美元，还缺少10万，福特这时开始高兴地帮助他，他们再也没有提过那1000亿美元的事。

经过8年的努力，年轻人成功了，这位年轻人就是著名的伊利诺斯大学的创始人本·伊利诺斯。

最高贵的事情

丰而不余一言，约而不失一辞。

——李之秋

在古时候，英国有一位非常富有的商人，觉得自己年事已高，便决定将产业分给三个孩子。富商把孩子们叫到跟前，给了他们一笔资金，要他们去游历天下做生意。临行前，富商告诉孩子们："你们一年后要回到这里，告诉我你们在这一年内，所做过最高贵的事。我不想分割我的财产，集中起来才能让下一代更富有；在一年后，谁做了最高贵事情，谁就能得到我的所有财产！"

转眼间，一年过去了，三个孩子回到了父亲的跟前，报告这一年来所做的高贵的事情。

老大抢先："在我游历的期间，曾遇到一个陌生人，他十分信任我，将一袋金币交给我保管。后来他不幸过世，我将金币原封不动地交还给了他的家人。"

父亲："你做得很好，但诚信是你理应具有的美德，称不上是高贵的事情！"

老二接着说："我旅行到一个贫穷的村庄，见到一个衣衫破旧的小乞丐，不幸掉进了河里，我飞快地跳下马，奋不顾身跳进河里救起了那个小乞丐。"

父亲："你做得很好，但救人是你应尽的责任，称不上是高贵的事情！"

老三迟疑地说："我有一个仇人，他千方百计地陷害我，有好几次，我差点就死在他的手里。后来，时来运转，报仇的机会来了。那是一个夜晚，我独自骑马走在悬崖边，我发现，我的仇人正睡在崖边的一棵树旁，我只要轻轻一脚，就能把他踢下悬崖；但我没这么做，而是叫醒了他，让他继续赶路。这实在不算做了什么高贵的事情……"

父亲听后，正色说道："孩子，能帮助自己的仇人，是高尚而且神圣的事情，你做到了，好，将来我所有产业都是你的。"

帮人不能含糊

一个人追求的目标越高，他的才力就发展得越快，对社会就越有益。

——高尔基

那时，杰克家是城里唯一没有汽车的人家。杰克的父亲雷曼是个普通的公司职员，整天在证券交易所忙忙碌碌地工作，假如杰克父亲不把一半工资用于医药费以及给比他们还穷的亲戚，那么他们的日子也还过得去。但事实上，他们很穷。杰克的母亲常安慰家里人说："一个人只要有骨气，就等于有了一大笔财富。在生活中怀着一线希望，也就等于有了一大笔精神财富。"

有一年，城里搞抽奖活动。一辆崭新的别克牌汽车在大街上那家最大的百货商店橱窗里展出了。这辆车已定在今夜（他们城市的市节）以抽彩的方式馈赠给得奖者。不管杰克有时多么想入非非，也从来没有想到过幸

运女神会厚待他们这个在城里唯一没有汽车的人家。当扩音器里大声叫着杰克父亲的名字，明白无误地表示这辆彩车已经属于他们家所有时，杰克简直不敢相信这是事实。

父亲开着车缓缓驶过拥挤的人群。杰克几次想跳上车去，同父亲一起享受这幸福的时刻，但都被父亲赶开了。最后一次，父亲甚至向杰克咆哮："滚开，别呆在这儿，让我清静清静！"

杰克无法理解父亲的感情。当杰克回家委屈地向母亲诉说的时候，母亲似乎非常理解父亲，她安慰杰克说："不要烦恼，你父亲正在思考一个道德的问题，我们等着他找到适当的答案。"

"难道我们中彩得到汽车是不道德的吗？"杰克迷惑不解地问。

"汽车根本不属于我们，这才是问题的关键。"母亲回答杰克。

杰克歇斯底里地大叫："哪有这样的事？汽车中彩明明是扩音器里宣布的。"

"过来，孩子。"母亲温柔地说。

桌上的台灯下放着两张彩票存根，上面的号码是348和349，中彩号码是348。

"你看到两张彩票有什么不同吗？"母亲问。

杰克看了好几遍，终于看到彩票的角落上有用铅笔写的淡淡的K字。

"这K字代表凯特立克。"母亲说。

"吉米·凯特立克，爸爸交易所的老板？"杰克有些不解。

"对。"母亲把事情一五一十地跟杰克讲了。

当初父亲对吉米说，他买彩券的时候可以代吉米买一张，吉米咕哝说："为什么不可以呢？"老板说完就去干自己的事了，过后可能再也没有想到过这事。348那张是给凯特立克买的。现在可以看得出来那K字是用大拇指轻轻擦过，正好可以看得见淡淡的铅笔印。

对杰克来说，这是一目了然的事情。吉米·凯特立克是一个百万富翁，拥有十几辆汽车，他不会计较这辆彩车的。

"汽车应该归爸爸！"杰克激动地说。

"你爸爸知道该怎么做的。"母亲平静地回答杰克。

不久，他们听到父亲进门的脚步声，又听到他在拨电话号码，显然电话是打给凯特立克的。第二天下午，凯特立克的两个司机来到他们这儿，把别克牌汽车开走了，他们送给杰克父亲一盒雪茄。

直到杰克成年之后，杰克才有了一辆属于自己的汽车。随着时间的流逝，杰克母亲的那句“一个人只要有骨气，就等于有了一大笔财富”的格言具有了崭新的含义。

忘不了的帮助

人生的价值，并不是用时间，而是用深度去衡量的。

——列夫·托尔斯泰

在美国的佛罗里达州，曾经有一位名叫法兰克的年轻人，在大学时期和一位名叫保罗的贫穷室友住在一起。贫穷的保罗时常四处向同学们借钱，以维持大学的生活费及学业，同学们也因为他贫穷而愿意帮助他。眼看保罗的负债越来越多，但在某一个夜晚，保罗竟然不辞而别，从此销踪匿迹了。

许多上门要债的同学，向法兰克投诉，法兰克估算了一下，保罗所欠的债款，总额竟然高达1200多美元。这在当时可是一笔很大的数目。同学们吵嚷着要对保罗提出诉讼，但法兰克费尽唇舌地向他们解释，他相信保罗一定会设法还清这些钱的。凭着法兰克独特的领导魅力，终于使这场风波平息了下来。

十几年后，在一次由法兰克主持的同学会上，有一个陌生人要求法兰克给他5分钟的时间说话。法兰克好不容易才认出来，那名陌生人正是当年负债潜逃的保罗。

保罗对所有的同学说，当年他欠下庞大的债务，怯懦地逃离校园之后，也不敢回家，随便地在一艘货轮上找到了一个杂工的差事，随着货轮跑遍了大半个地球。

后来货轮遇上海盗，海盗们将保罗洗劫一空，连衣服都拿走了，保罗唯一能留下的只是一张记着欠款明细的纸片。随后保罗辗转到了瑞士，勉强继续求学，成为一位教师，也结了婚，凭着穷教员的微薄薪水过着日子。

但保罗从未忘记他在大学里欠下的债，他从少得可怜的薪水里，每次省下一点点，存了十几年，终于能够回到美国。保罗说到这里，举起他的双手："各位，请看看，我手中的这张纸片，就是记录当年我欠债的明细记录，还有足够偿还的钱。今天我来这里，就是要还给你们我所欠的债——"

在全场愕然的寂静中，法兰克走上前拥抱了保罗，他说道："老同学，我没有看错你，你真的是好人！"所有同学也跟随着法兰克一一上前热情地拥抱了保罗。

寺前的荒地

> 岂能尽如人意，但求无愧于心！
>
> ——林则徐

寺庙的门前有一片荒地，什么都不长，年年那么荒着。没有谁把这块荒地当一回事，没有人会认为它有什么用处，更不相信它有朝一日会成为一片风景。

但双目失明的心明大师没有把荒地当成荒地，剃度之后，在别人诵读经书时，他却摸着锄头垦荒。一锄一锄地整地，播下一粒粒的花种。日复一日，一有空就到地上忙碌，那些耳聪目明的人以为他有"病"。

然而，就在别人的讥笑中，心明大师撒播的花种发芽了，长了茎、长了叶。一夜春风，花儿全部绽开，和尚们步出寺门一看，在美丽的花朵面前，全都惊呆了。

只有心明大师很平静，他是瞎子，无论多美的花，他都无法看见。他之所以把荒地改变成花地，只是为了给别人看的，让别人明白：在一个瞎子面前，其实真的没有荒地。

做好统帅的参谋

不要问你的国家能够为你做些什么，而要问你可以为国家做些什么。

——林肯

第二次世界大战中，作为前苏联党和国家领导人的斯大林，由于受反常的“自我尊严”的驱使，变得很难接受别人的意见，“唯我独尊”的个性使他不能允许世界上有人比他高明。莫斯科保卫战前夕，大本营总参谋长朱可夫将军曾建议“放弃基辅城”，以免遭德军的“合围”。这本来是一个很有战略眼光的建议，但斯大林听不进去，当面骂朱可夫“胡说八道”，并一怒之下把朱可夫赶出大本营。不久，基辅果然遭德军合围，守城的红军精锐部队全军覆没。等到斯大林对朱可夫说“你是对的”时已经是马后炮了。但是，一度当了苏军大本营总参谋长的华西里也夫斯基，却往往能使斯大林不知不觉采纳他的正确的作战计划，从而发挥了杰出作用。

华西里也夫斯基的进言策略甚是巧妙。在斯大林的办公室，在斯大林与华西里也夫斯基谈天说地的“闲聊”中，华西里也夫斯基往往“不经意”地“顺便”说说军事问题，既不郑重其事，也不头头是道。可是奇妙的是，往往等他走了以后，斯大林便会想起一个好计划。过不了多久，斯大林在军事会议上陈述了这个计划。大家都惊讶斯大林的深谋远虑，纷纷称赞。斯大林自然十分高兴。再看看华西里也夫斯基本人，也与大家一样显得惊异，并且也与众人一道表示赞叹折服。这样一来，再也没有人想到这是华西里也夫斯基的主意，甚至斯大林本人也不这样想了。但是，上帝最清楚，统帅部实施的毕竟还是华西里也夫斯基的计划。

华西里也夫斯基也在军事会议上进言，但那方式方法更是令人啼笑皆非。他首先讲三条正确的意见，但口齿不清，用词不当，前后重复，没有条理，声音含混，因为他的座位通常靠近斯大林，所以只要使斯大林一个人明白他的意思就行了。接着他又画蛇添足地讲两条错误的意见。这会儿，他来了精神，条理清楚，声音洪亮，振振有词，必欲使这两条错误意见的全部荒谬性都昭然若揭才肯罢休。这往往使在场的人心惊胆战。

等到斯大林定夺时，自然首先批判华西里也夫斯基那两条错误意见。斯大林往往批判得痛快淋漓，心情舒畅。接着，斯大林逐条逐句、清晰明白地阐述他的决策。他当然完全不像华西里也夫斯基那样词不达意、含混不清。但华西里也夫斯基心里明白，斯大林正在阐述他刚刚表达的那几点意见，当然是经过加工、润色了的。不过，这时谁也不再追究斯大林的意见是从哪里来的。这样一来，华西里也夫斯基的意见也就移植到斯大林心里，变成斯大林的东西，因而得以付诸实施。

事后，曾有人嘲讽华西里也夫斯基精神有毛病，是个“受虐狂”，每次不让斯大林骂一顿心里就不好受。华西里也夫斯基往往是笑而不答。只是有一次，他对过分嘲讽他的人回敬道：“我如果也像你一样聪明，一样正常，一样期望受到最高统帅的当面赞赏，那我的意见也就会像你的意见一样，被丢到茅坑里去了。我只想我的进言被采纳，我只想前线将士少流血，我只想我军打胜仗，我以为这比得到斯大林的当面赞赏重要得多。”

时间的帮助

> 吾生也有涯，而知也无涯。
>
> ——庄子

传说在很久以前，所有的情感都生活在同一座岛屿上，其中有快乐、悲哀、知识、富裕和爱等等。突然有一天，有一个不好的消息传来，说岛屿就要下沉。因此大家急忙修补船只纷纷逃离。唯有爱不肯走，她要坚持到最后一秒钟。当岛屿即将没入大海时，爱决定寻求帮助。

富裕驾驶着豪华的大船经过爱的面前，爱说："富裕，你能带着我一起走吗？"富裕回答说："不，不能。我的船上已经载满了黄金和白银，根本没有容纳你的地方。"

荣誉也驾着一艘美丽的船从爱的身边驶过，爱决定求助于荣誉："荣誉，请帮帮我，让我与你一起走。"荣誉回答说："我不能帮你，你已经湿透了，我担心你会弄脏我的船。"

这时悲哀驾船驶了过来，爱又向他求助："悲哀，让我跟你在一起走吧！""哦！爱，我是多么的忧愁，我不想被打扰，我只想独自一个人呆着。"

快乐也从爱的身边驶过，然而她是如此的快乐，以至于当爱喊她的名字时，她根本没有听到。

突然，传来了一个声音："爱，请到这儿来，我带你走。"那是一位长者的声音，爱感觉到无比的幸福和狂喜，以至于忘记了询问长者的名字。当他们到达陆地后，长者很快就独自离开了。

这时爱想起来，自己欠了那位长者很多的情，便请教另一位长者——知识："是谁救了我？""是时间。"知识回答道。

"时间？为什么他要救我呢？"爱问道。

知识露出深邃的微笑："因为只有时间最懂得爱是多么的伟大。"

廉洁自律的严重

> 生于忧患，死于安乐。
>
> ——孟子

1939年的一天，湖北省主席严重与陈诚同车由恩施去重庆。严重将一瓶高级酒装在布袋里放到司机后座上，这引起了陈诚的好奇。陈诚问："带在路上喝吗?”严重摇头道:“这酒太贵，想卖掉，可是恩施没有寄售商店，顺便带到重庆去卖。”陈诚听后哈哈大笑，说:“如果被人发现湖北省主席到重庆卖酒，那多不好意思!”当时严重代理省主席职务已两年多，省主席的特别办公费一文未领。因为他耿介清廉，所以生活非常清苦。他穿的是湖南青布中山装，冬天加一件棉大衣，从未有过皮袍。出外视察，一律不通知，常常在当地居民家吃饭。在省机关则与工作人员同桌。他身体瘦弱，患有严重的内痔，别人劝他注意营养，他长叹道:“大敌压境，人民流离失所，转死沟壑，何忍锦衣玉食，以自甘肥。”

严重1919年于保定军官学校毕业后，与邓演达同赴广州，追随孙中山先生闹革命，被任命为黄埔军校学生总队长。由于他严于律己，高风亮节，深得全体师生敬佩。一次，孙中山先生拟召集商讨大局的党务会议，分配给黄埔军校几个代表名额，由师生无记名投票选举产生，结果严重得票最多。蒋介石感慨地说:“看来严立三（严重）在学生中的威望比我当校长的还高。”

1927年，蒋介石背叛革命后密令“清党”。

严重的好友邓演达秘密酝酿反蒋，致电严重，询问对国民革命的态度。严重复电:“革命尚未成功，国共两党应团结一致，完成国民革命大业。”8月，共产党发动了“南昌起义”，蒋介石命令严重率领部队进军南昌，严重迟迟不前，引起了蒋介石的猜忌。

严重于是急流勇退，隐居庐山太乙村。当时有黄埔学生当面问严重:“老师为何挂冠而去?”严重答:“宁汉分裂，令人痛心疾首。南京大开杀戒，伤我民族元气;武汉大张挞伐，又何尝不是激波扬浪?我怎能和他们同流合污?”

严重在太乙村的日子过得十分清苦。有一段时间，陈诚将严重任军政厅长时期的薪水汇给他。

严重回信说:“我没有做工作，不能受俸禄，将款寄回。”

蒋介石数度派人送钱来，皆被回绝。严重自己种菜，自己砍柴，用竹管导山泉入厨房，自己做饭，坚持自食其力。

有一次，严重的学生宋瑞珂上山拜见老师，中饭是邻居送来的粽子，每人吃几个，算是一餐。后来宋瑞珂再次拜谒时，是严重煎面饼，宋瑞珂烧火，既无菜又无汤，以茶咽饼。

后来宋瑞珂托人给严重捎去50元钱，严重却代宋存入银行。

严重在庐山一住就是10年。1939年日寇铁蹄踏入中原，民族危机更趋紧迫。严重激于爱国义愤，“知其不可为而为”，在组织军民力量积极抗日救亡的斗争中，心力交瘁，于1943年患病，在鄂西恩施病逝。

伟大的帮助

> 穷则独善其身，达则兼济天下。
>
> ——孟子

在美国南北战争时期的一次战斗中，北方军上尉指挥官龙德在与两名南方军敌兵短兵相接，经过半个小时的激烈搏斗，终于干掉了对手。可就在他包扎好伤口准备离开的时候，一个声音却从刚刚倒下的士兵那儿发了出来：“请不要走……请等一下！”

说话者嘴角仍在滴着血。龙德猛然转过身，两眼死盯着尚未死亡的士兵，一声不响。

“你当然不知道被你杀死的两个人是亲兄弟了，他是我的哥哥罗杰，我想他已经不行了。”他看了看另一个士兵，喘喘气又说，“本来我们并无怨仇！可是战争……我不恨你，何况你是二对一，不过你的确太早了一点送一对兄弟去地狱！看在上帝的份上，帮帮我们！”

“你要我做什么？”龙德问。

“我叫厄尔。萨莉·布罗克曼是罗杰的妻子，他们结婚快两年了，不久前罗杰错怪了萨莉，她一气之下跑回了娘家的农庄。对此，罗杰后悔不已，几次都没有得到谅解，心里很难过，就在半个小时前，我们还在谈论这件事。罗杰刚为萨莉雕了一个……一个小像……”

这个自称厄尔的士兵还未说完便昏了过去。

“喂！喂……”龙德上前扶起厄尔喊道。

厄尔吃力地睁开眼睑说：“请告诉萨莉，罗杰爱她，我也爱”。说完，厄尔又昏了过去。龙德放下了厄尔，迅速收起了罗杰的遗物：一张兵卡，一块金表，上有一行小字：“ONLY MY LOVE！S. L”

后来当厄尔见到了萨莉时，两个人满眼盈泪。

萨莉说：“罗杰牺牲了，你受伤被俘。当时我也不想活了，是龙德救了我。他好几天也不离我左右，等我有点信心时，他留下这张字条：‘上帝知道我是无罪的，但我决心死后接受炼狱的烈火。’便默默地走了。别太悲伤了，厄尔，上帝会宽恕一切的！”

后来厄尔和萨莉从没有放弃打听龙德消息的机会。

我是你的眼睛

> 生活是这样美好，活他一千辈子吧！
>
> ——贝多芬

诗人常在黄昏的湖边公园寻找灵感。公园里有几排长椅，一对对亲密偎依的情侣给美丽的日落景观增添了一种浪漫的情调。于是，诗刊上便常出现这位诗人所写的爱情诗。

某一天的黄昏，在一条长椅上出现了一位长发姑娘。她的背影看上去很美。别的椅子上坐着的都是一对一对的情侣，形单影只的她自然引起了诗人的注意。于是诗人就朝她走了过去，到了跟前才发现她有一双好美的眼睛：似清泉、似蓝湖、似山溪、似月下光波……诗人的心颤抖了！

而姑娘端坐着一动不动，神色沉静，仿佛陶醉在日落的美景中……诗人回去了，就写下了一首关于她的眼睛的抒情诗。

从那以后，诗人每天黄昏都到公园去，而那姑娘也总是端坐在那儿。诗人感觉到自己的心里已经有一种强烈的渴望。终于，他控制不住自己了，决心让自己写的有关她眼睛的诗作媒，去和她相识。

但是，令诗人大吃一惊的是——“其实我的眼睛什么也看不见，我是个盲女。”

诗人不信。“我何必骗你?”姑娘认真地说。诗人心里的渴望很快退潮般地消失……诗人很久也没有再去公园。

几个月以后，诗人才又回到公园里来。那姑娘还是端坐在那儿，只是身旁多了个英俊的小伙子。那小伙子搂着姑娘的肩头，很亲密。诗人不由自主地走过去，听到了他们的对话。

“我是个盲人，你不后悔?”姑娘问小伙子。

“不后悔！不后悔!”小伙子回答，“我就是你的眼睛!”

听了这几句对话，诗人的心里一阵悸动，“我就是你的眼睛”，好诗!

诗人又好久没到公园去过。而且，好久没有再写出一句诗……当他再一次去公园见到那姑娘时又已经是数月之后了。那天，黄昏的景色很美：燃烧的斜阳，朦胧的远山，展翅的白鹤，平静的湖水闪着金光……可是姑娘的身旁却没有了那英俊的小伙子。诗人怀着一种异样的心情走了过去，发现在姑娘俊俏的脸上有两道泪痕。

“你……怎么啦?”

“你，是谁?”姑娘问。

“我是那个……诗人。你的男朋友呢?”

姑娘沉默了好一阵子，才开了口：“车祸……他死了。两个月前，我们去……登记结婚，为了救一个小男孩，他……”诗人心里一震！然后在姑娘身旁坐了下来。

不知过了多久，诗人终于鼓起了勇气，说：“我愿意……做你的……眼睛。”

“我有眼睛。”姑娘顿了一下，接着说，“他临死前，要医生把眼角膜移植给我，手术成功了。是他给了我一双眼睛……”

从此，诗人再也不写诗了。

面对战败的俘虏

那最神圣恒久而又日新月异的，那最使我们感到惊奇和震撼的两件东西，是天上的星空和我们心中的道德律。

——康德

这是发生在第二次世界大战期间腥风血雨年代的真实故事。1942 年初，苏联在付出巨大的代价之后，终于取得了莫斯科保卫战的胜利。胜利的当天，上万德国战俘排成长长的纵队，在荷枪实弹、威风凛凛的苏联士兵押解下走进莫斯科城，他们是那样的疲惫不堪和无精打采。

胜利的人们纷纷涌上街头。围观的人大多是老人和孩子。苏军在战胜入侵的法西斯的同时，自己也付出了沉重的代价，他们当中许多的亲人，就是在这场残酷的战争中被法西斯给杀害了。在胜利的同时，他们多希望走过来的不是战俘，而是自己的亲人！

战俘过来的时候，这些原本善良的人们愤怒了，就是这些战俘，让他们失去了亲人。他们怀着满腔的仇恨，逼视着俘虏走来的方向，仿佛只要俘虏一出现，他们就会冲上去把满腔的怒火发泄在他们身上。

战俘慢慢走近了，人群开始出现骚动，有人大喊“打倒法西斯”的口号，有的直接就拥上前。负责维持秩序的警察企图阻止，可是在汹涌的人潮中根本就无济于事。最后警察和士兵手拉手组成人墙，才勉强将人潮挡住。

战俘慢慢地走过，他们个个衣衫褴褛，步履蹒跚，好像每向前迈一步都十分艰难。他们又何曾不是战争的受害者？他们有的头上裹着绷带，有的失去了双腿，躺在担架上不断发出痛苦的呻吟。有的可能是聋了，脸上没有任何表情，一片茫然。他们面对愤怒的人群，出于人的本能，目光中充满了恐惧，不断向后退缩，有的甚至吓得瘫倒在地，担架上的重伤员，更是满脸的恐慌和无奈。

这时，一个中年妇女，在混乱中挤过人墙，冲到一个受伤的战俘面前，举拳要打。

当她走近的时候，却没把拳头落下来。眼前的战俘头上打着绷带，破烂的军装上沾满血迹，脸上的稚气看得出他还不到20岁，面对举起的拳头，他无法躲闪，只是闭上了眼睛，流下了不知是害怕还是愧疚的泪水。中年妇女呆呆地站在那里，怔怔地看着这个年轻的战俘，心头一阵剧痛，她好像从这张充满稚气的脸上看到了他刚刚战死的儿子的影子！

妇女犹豫了一下，叹了口气，拳头无力地垂了下来。妇女从怀里掏出一块用纸裹着的面包，轻轻地递到了他的面前。年轻的战俘几乎不敢相信自己的眼睛，他惊恐地盯着妇女，不敢伸手去接。直到妇女硬塞给他时，他才如梦初醒，抓过面包连纸都顾不上撕就塞向嘴里，看来他已经几天没吃东西了，饿得什么都顾不上了。妇女蹲下身子，用颤抖的双手轻轻抚摸着战俘的头，失声痛哭起来！

悲痛的哭声撕心裂肺，骚动的人群一下子静了下来。人们惊呆了，一个个用惊异的目光注视着眼前的一切。空气仿佛凝固，整条大街一片死寂。

良久，人们好像才醒悟过来，这时，出人意料的一幕出现了：那些老人、妇女、孩子，纷纷拿出自己的面包、火腿、香肠等各种食品，慢慢向受伤的战俘走去……

神父的救助

仰不愧天，俯不愧人，内不愧心。

——韩愈

雨果的不朽名著《悲惨世界》里那个主人公冉·阿让，本是一个勤劳、正直、善良的人，但穷困潦倒，度日艰难。为了不让家人挨饿，迫于无奈，他偷了一个面包，被当场抓住，判定为“贼”，锒铛入狱。

出狱后，他到处找不到工作，饱受世俗的冷落与耻笑。从此，他真的成了一个贼，顺手牵羊，偷鸡摸狗。

警察一直都在追踪他，想方设法要拿到他犯罪的证据，把他再次送进监狱。他却一次又一次逃脱了。

在一个大风雪的夜晚，他饥寒交迫，昏倒在路上，被一个神父救起。神父把他带回教堂给吃给住，但他却在神父睡着后，把神父房里的所有银器席卷一空。因为他已认定自己是坏人，就应该干坏事。不想，在逃跑途中，被警察逮个正着，这次可谓人赃俱获。

当警察押着冉·阿让到教堂，让神父认定失窃物品时，冉·阿让绝望地想："完了，这一辈子只能在监狱里度过了！"

谁知神父却温和地对警察说："这些银器是我送给他的。他走得太急，还有一件更名贵的银烛台也忘了拿，我这就去取来。"冉·阿让的心灵受到了巨大的震撼。

警察走后，神父对冉·阿让说："过去的就让它过去，重新开始吧！"

从此，冉·阿让决心洗心革面，重新做人。他搬到一个新的地方，努力工作，积极上进。后来，他成功了，毕生都在救济穷人，做对社会有益的事情。

生命的馈赠

> 虚荣的人注视着自己的名字；光荣的人注视着祖国的事业。
>
> ——何塞·马蒂

1994年9月的一天，在意大利境内的一条高速公路上，一对美国夫妇带着12岁的儿子尼古拉斯·格林正驾车向一个旅游胜地进发。突然，一辆菲亚特轿车超过他们，车窗内伸出几支枪管，一阵射击之后，他们的儿子中弹身亡。

这对夫妇本该痛恨这个国家，因为在这块土地上他们失去了爱子。可是，悲伤过后，他们做出一个令人震惊的决定：把儿子健康的器官捐献给意大利人！

在意大利，即使是正常死亡的本国公民自愿捐献器官的也很罕见。

于是，一个15岁的少年接受了尼古拉斯的心脏。一个19岁的少女得到了他的肝，一个10岁的女孩儿换上了他的胃，另外两个意大利孩子分别得到了他的两个肾。5个意大利人在这份生命的馈赠中得救了。

这件轰动一时的事足以令所有的意大利人汗颜。1994年10月4日，意大利总统斯卡尔法罗将一枚金奖章授予了这对美国夫妇，为他们容纳百川的胸怀以及悲世悯人的情操，还有以德报怨的人生境界。

冒死救孤儿

> 道德常常能填补智慧的缺陷，而智慧却永远填补不了道德的缺陷。
>
> ——但丁

春秋时期的晋景公三年，赵盾一家为奸人屠岸贾所害，只遗留下一个孤儿。屠岸贾听说后，调集人马在全国搜查赵氏孤儿，却没有搜到。

程婴找到公孙杵臼商议对策："他们一次搜查没有找到，肯定还会反复搜查，这该怎么办？"

公孙杵臼问道："抚养孤儿和殉死相比哪个更难？"

程婴说："死当然很容易，扶立孤儿可就难了！"

公孙杵臼说："那好，赵氏先君对你恩重如山，你也该全力报答他，抚养孤儿的任务就由你来完成吧！我呢，挑容易的做，就让我先死吧。"

于是二人商量好，弄来一个别人的孩子，裹着绣花的衣服，躲到山里藏起来。

程婴从山里出来，骗搜查孩子的将军们说："我程婴没什么能耐，不能扶立赵氏孤儿。如果朝廷答应给我千金之赏，我就说出藏匿赵氏孤儿的地方。"

将军们一听，很高兴，答应给他赏金，派兵跟着他进山搜捕公孙杵臼。

被捕以后，公孙杵臼假装骂道："程婴啊，程婴！你真是个小人！过去在下宫难时没死，我们俩商量藏匿赵氏孤儿，今天你却把我出卖了。就算不能扶立赵氏孤儿，难道你就忍心把我出卖了吗？赵氏先君对你如此大恩大德，你却恩将仇报，把自己的幸福建立在别人的痛苦之上，真真算我错看了你！"然后抱着孩子大声呼号："天老爷啊！天老爷啊！小孩子有什么罪，请你们饶了孩子吧！要杀，杀我杵臼一人好啦！"

将军们不答应，把杵臼和孩子全都杀了。

诸将以为赵氏孤儿确实已死，很高兴，却不知真正的赵氏孤儿仍然活着。程婴悄悄地和孤儿一起藏匿在山中。

多年的坚持

> 要散布阳光到别人心里，先得自己心里有阳光。
>
> ——罗曼·罗兰

有一位矿工下井刨煤时，一镐刨在了哑炮上。哑炮响了，矿工被当场炸死。

因为矿工是临时工，所以矿上只发放了一笔抚恤金，不再过问矿工妻子和儿子以后的生活。悲痛的妻子在丧夫之后承受着来自生活上的压力。她无一技之长，只好收拾行装准备回到那个闭塞的小山村去。那时矿工的队长找到了她，告诉她说矿工们都不爱吃矿上食堂做的早饭，建议她在矿上支摊儿，卖点早点，一定可以维持生计。矿工妻子想了一想，便点头答应了。

于是一辆平板车往矿上一支，馄饨摊儿就开张了。8 毛钱一碗的馄饨热气腾腾，开张第一天就一下来了 12 个人，随着时间的推移，吃馄饨的人越来越多，最多时可达二三十人，而最少时从未少过 12 个人，而且风霜雨雪从不间断。时间一长，许多矿工妻子都发现自己的丈夫养成了一个雷打不动的习惯：每天下井之前必须吃上一碗馄饨。妻子们百般猜疑，甚至采用跟踪、质问等种种方法来探求究竟，结果均一无所获。

直到有一天，队长刨煤时被哑炮炸成重伤才解开了这个谜底——弥留之际，他对妻子说："我死之后，你一定要接替我每天去吃一碗馄饨。这是我们队12个兄弟的约定，自己的兄弟死了，他的老婆孩子，咱们不帮谁帮。"从此以后每天的早晨，在吃馄饨的人群中，又多了一位女人的身影。来去匆匆的人流不断，而时光变幻之间唯一不变的是不多不少的12个人。

时光飞逝，当年矿工的儿子已长大成人。而他饱经苦难的母亲两鬓斑白，却依然用真诚的微笑面对着每一个前来吃馄饨的人。那是发自内心的真诚与善良。

更重要的是，前来光顾馄饨摊儿的人，尽管年轻的代替了年老的，女人代替了男人，但从未少过12个人。穿透十几年岁月沧桑，依然闪亮的是12颗金灿灿的爱心。

无私才伟大

鞠躬尽瘁，死而后已。

——诸葛亮

谢伍德·安德森是20世纪初美国最负盛名的作家之一。他创作的小说和其他文学作品广受赞誉，影响了一代人。

1919年，一位在欧洲大战中受伤的年轻人搬到了芝加哥的一处公寓，住在了离安德森很近的地方。

这位年轻人经常邀请大作家一起散步，和他谈文学、人生以及写作技巧。安德森毫不保留地向他传授写作知识，如何更准确地表现人物和内心，如何捕捉生命中稍纵即逝的细节部分。

后来年轻人离开了芝加哥，安德森也搬到了新奥尔良。在新的住址，一个同样受安德森作品影响的年轻人慕名拜访了他，并虔诚地向他求教。安德森一样毫无保留地帮助他，不仅传授写作技巧，还把他介绍给自己所

认识的出版商，帮助年轻人出版了他的第一部小说。

许多年过去了，安德森从未拒绝过每一个向他求教的年轻人，他不遗余力地帮助他们修改作品，把他们推荐给出版界的朋友，尽力让每一个年轻人实现他们的梦想。

安德森的作品和他所具有的人格魅力不仅仅影响了他所处的那一个时代，还通过年轻人的作品影响了下一个时代。

前面介绍的两位年轻人后来怎样了呢？第一个年轻人在1926年发表了他的第一本小说，并轰动了世界文坛。作品的名字是《太阳照样升起》，而年轻人的名字是海明威。

第二位年轻人就是美国乡土小说创作的鼻祖——福克纳，他的《喧哗与骚动》是美国现代文学的开山之作。

许多人好奇到底是什么原因使安德森能够如此无私地把自己安身立命的法宝传授给任何一个并不相识的年轻人。

安德森在面对人们的疑问时微微一笑，他说：“伟大的作家德莱塞也同样毫无保留地帮助过我。”

前面提到的所有人，他们都创作了可以传世的作品，这些作品可以指导我们更积极地对待人生，而他们伟大的人格带来的影响更是深入灵魂。无私——这种人类的美德比任何作品都要永久。

心系百姓的于成龙

> 长风破浪会有时，直挂云帆济沧海。
>
> ——李白

康熙十六年，于成龙被擢任福建按察使，主管一省司法。去福建上任前，他嘱人买了数百斤萝卜放在船上。有的人不解地问他，萝卜又不值钱，买这么多干什么？他回答道：“沿途供馔，得赖此青黄不接的时候，以用糠杂米野菜为粥。”即使有客人来了，也和他一同喝稀粥。他对客人说：“我这样做，可留些余米赈济灾民，如若上下都和我一样行事，更多的灾民会渡过难关，存活下来。”

江南、江西的百姓因为于成龙自奉简陋，每天只吃青菜佐食，所以给他起了个外号“于青菜”，以示亲切景仰。于成龙喜欢饮茶，考虑到茶价很贵，他不愿意多破费，便以槐叶代茶。他让仆人每天从衙门后面的槐树上采几片叶子回来，一年下来，把那棵树都快采秃了。

于成龙对儿女的要求也很严格。一次，他的大儿子从山西千里迢迢来到江宁探望父亲。儿子要回去时，于成龙既没有积蓄，也没有土特产让儿子捎回，正好厨房有一只腌鸭，便割了半只给他。百姓听说这件事后，便编了首歌谣唱道：于公心胸何太狭，公子临行割半鸭。

由于于成龙身体力行，使爱好奢侈艳丽的江南民俗大为改变，人们摒弃绸缎，以穿布衣为荣。一些平日鱼肉百姓的地方官，因知道于成龙好微服私访，因此，遇见白发伟躯者便胆战心惊，以为是于成龙，不得不有所收敛。

康熙二十三年，于成龙病死在两江总督任上。僚吏来到他的居室，见这位总督大臣的遗物少得可怜，而且都不值钱。床头上放着个旧箱子，里面只有一袭绨袍和一双靴子，竟忍不住唏嘘流涕。

于成龙去世的消息传出后，江宁城中罢市聚哭，家家绘像祭奠。出殡那一天，江宁数万名百姓，步行20里，哭声震天，竟淹没了江涛的声音。

当年康熙帝巡视江南，沿途所访的官吏，无不对于成龙啧啧称赞。康熙帝不无感慨地对随行的人员说：“朕博采舆论，敢称于成龙实天下廉吏第一，于成龙真百姓之父母，朕肱股之臣啊！”

代替朋友服刑

> 有很多良友，胜于有很多财富。
>
> ——莎士比亚

有一个叫皮西厄斯的年轻人，他做了一些触犯暴君奥尼修斯的事。他被投进了监狱，即将被处死。皮西厄斯说：“临死之前我有一个请求，让我回家乡一趟，向我热爱的人们告别，然后我再回来伏法。”

暴君听完，笑了起来。

“我怎么能知道你会遵守诺言呢?”他说，“你只是想骗我，想逃命。”

这时，一个名叫达芒的年轻人说：“噢，国王！把我关进监狱，代替我的朋友皮西厄斯，让他回家乡看看，料理一下事情，向朋友们告别。我知道他一定会回来的，因为他是一个从不失信的人。假如他在你规定的那天没有回来，我情愿替他死。”

暴君很惊讶，居然有人这样自告奋勇。最后他同意让皮西厄斯回家，并下令把达芒关进监牢。

光阴流逝。不久，处死皮西厄斯的日期临近了，他却还没有回来。暴君命令狱吏严密看守达芒，别让他逃掉。可是达芒并没有打算逃跑。他始终相信他的朋友是诚实而守信用的。他说：“如果皮西厄斯不准时回来，那也不是他的错。那一定是因为他身不由己，受了阻碍不能回来。”

这一天终于到了。达芒做好了死的准备。他对朋友的信赖依然坚定不移。他说，为自己深爱的人去受苦，他不悲伤。

狱吏前来带他去刑场。就在这时，皮西厄斯出现在门口。暴风雨和船只遇难使他耽搁。他一直担心自己来得太晚。他亲热地向达芒致意，然后走向狱吏。他很高兴，因为他终于准时回来了。

暴君还不算太坏，还能看到别人的美德。他认为，像达芒和皮西厄斯这样互相热爱、互相信赖的人可以免除惩罚。于是，就把他俩释放了。